α
I wanna go home
episode
03

祁避夏 帥帥的 地球人蠢爹

很有魅力的流行音樂小天王，喜歡各種驚險刺激的極限運動。他由電影童星起家，獲獎無數，卻不慎在少年時期轉型失敗，從此私生活成為演藝圈八卦記者的最愛。自從有了兒子祁謙後，他開始朝光明面積極發展。

CHI BI XIA
祁避夏

CHI CHIAN
祁謙

祁謙 萌萌的 四尾α星人

武力值爆表的外星人。高智商、低情商的他，平時一副面癱無表情的模樣，對人很冷漠，卻總能與祁避夏互相吐槽。他受地球人的動漫文化影響甚深，把毀滅地球掛在嘴邊，讓祁避夏對於他的中二發言感到頭疼。他喜歡除夕，但還不瞭解何謂喜歡與愛。

I come from the other side of the universe.

除夕 聰穎體貼的小竹馬

個性堅韌勇敢，笑容燦爛，忠犬屬性，略腹黑。由於身分與經歷特殊，造就他攻於算計、長袖善舞、有仇必報。他的眼裡只有祁謙。與祁謙一樣，兩人對於彼此是無限的包容與寵溺，以至於被祁避夏視為搶走兒子的敵人看待。

費爾南多 陽光足球男

性格開朗的老實人，B 洲足球隊的隊長，在球場上活力四射，已是代言費上億的足球先生。他擁有一手好廚藝，靠此征服了祁家父子的胃。偶像是蘇蹴、祁避夏，對於祁避夏的感覺由粉絲進階到愛慕、喜歡。

裴越 情歌搖滾天王

裴爺的二兒子，因性向問題而與裴爺不合；年紀比祁避夏大，但要稱祁避夏為小叔叔。花花公子屬性的他，永遠一副漫不經心的慵懶模樣，與祁避夏臭味相投。與曾經的真愛之間的感情是剪不斷理還亂。

徐森長樂 快樂的蛋糕公主

小說大神三木水的寶貝女兒，因錄製電視節目《因為我們是一家人》而和祁謙認識，要稱祁謙為小叔叔。她由天真活潑的小女孩，逐漸成長為俏麗率性的美少女，與福爾斯同為找祁謙老師補習的患難好友。

福爾斯 幸福的宅小胖

超模米蘭達和球王蘇蹴的四兒子，個性開朗純真，小天使一隻。因錄製電視節目《因為我們是一家人》而和祁謙、蛋糕認識。天生良善的他，從不懷疑他人惡心，卻不甚遭人設計導致父母離婚、與小男友分手。

I come from the other side of the universe.

悲劇的雙子 阿多尼斯、阿波羅

赫拉克勒斯的雙胞胎兒子，哥哥阿多尼斯個性溫和，弟弟阿波羅脾氣爆衝。兄弟倆和祁謙等人在錄製電視節目《因為我們是一家人》上認識，他們向祁謙發出求救訊息卻失敗，只能重回恐怖的家暴生活。

陳煜 十年不離不棄的男神

被母親嚴格培養成為演員，在Ａ國有不小的名氣，與阿多尼斯、阿波羅、維耶是好朋友。他從小就希望能成為祁謙的朋友，卻因為祁謙不懂人際交往而屢屢受挫。他自從與祁謙一同演出電視劇後，被一眾粉絲於戲裡戲外都組成了配對。

徐凌 國民岳父

知名網路小說作家，筆名「三木水」。他的不少作品都改編成電影，且相當賣座，他也開始走向電影編劇一職。他為人低調，擅長料理，有懼高症，與同性伴侶森淼共同養育女兒蛋糕。

裴安之 弟控型黑道老大

人稱「裴爺」，是裴越的父親、白秋的親哥哥。他對二兒子裴越的性向問題很頭疼，祁避夏也相當懼怕他，但讓人沒想到的是祁謙竟能與他平起平坐。在得知孫子除夕（裴熠）的存在後，他默默展開另一個人生計畫。

CONTENTS

第十七篇日記
蠢萌青年歡樂多 × 007

第十八篇日記
愚蠢人類設的愚蠢圈套 × 037

第十九篇日記
裴安之的「葬禮」 × 067

第二十篇日記
小金人獎落誰家 × 091

第二十一篇日記
緋聞，是福是禍 × 119

第二十二篇日記
我要感謝維耶 × 149

第二十三篇日記
人類繁瑣的成年禮 × 171

第二十四篇日記
我想變得和爸爸一樣 × 211

×月○日　第十七篇日記

蠢萌青年歡樂多

「裴熠，阿謙的遠親和朋友。」

除夕主動簡短的介紹了一下他自己。裴熠和除夕都是他的名字，不過他已經習慣了像上一世那樣，對陌生人——準確的說是除了祁謙以外的人——都用裴熠自稱，他希望「除夕」能變得特殊一點，對於祁謙來說。

祁謙也明白除夕的目的，並且很高興「除夕」這個稱呼以後將會專屬於他，哪怕是孤兒院裡的其他人也已經改變了自己的習慣，接受了除夕的新名字。

唯一讓祁謙不太滿意的是：「是最好的朋友。」

祁謙覺得他和除夕的關係應該定位在彼此最親近的人，不是朋友，而是最好的朋友。事實上，如果有比「最好的朋友」更能顯示親密的稱呼，他會毫不猶豫的選擇使用它。

「我以為你最好的朋友是除夕。」福爾斯驚訝道，這也是他從來沒有介意過自己不是祁謙最好的朋友的原因，畢竟他肯定是爭不過一個死人的。而以祁謙的性格，能被他稱為關係很好的朋友，已經十分不容易了，但今天卻突然冒出來一個裴熠，讓福爾斯有點小嫉妒，友誼也是容不下第三個人的，最起碼是容不下比自己更重要的「朋友」。

人之所以覺得苦惱，就是總在互相羨慕，覺得對方比自己過得好，得到的更多。好比此時，彼此嫉妒的除夕和福爾斯。

「可除夕已經死了，你這個白痴。」蛋糕毫不客氣的給了福爾斯一拳。

「妳又比我聰明到哪裡去，嗯？哪壺不開提哪壺小姐！」福爾斯雖然比蛋糕大一歲，還是個男的，卻從來沒有過「要讓著蛋糕」的想法，最起碼在鬥嘴方面他不會讓她。

「那裴熠哥哥你現在在哪裡上學？」蛋糕無視了福爾斯，很是自來熟道。

「皇家大學三年級，我剛從國外轉學過來。」

這些內容來自裴安之為除夕準備好的資料。本來祁謙打算讓 2B250 為除夕準備一份的，卻被除夕攔住了，他表示他相信裴安之已經替他準備好了，並且他說對了。

那一天除夕和祁謙剛回到祁家時，就發現祁謙房間裡的桌子上多了一份除夕從小到大的資料，包括公民ＩＤ、護照、白卡等等一切的個人資料文件與證件，還有除夕在國外上過什麼小學、中學、大學，做過哪些志願工作等社會活動，以及一份轉學證明……一個人一生該有的資料應有盡有，十分完備。時隔多年後的今天，除夕再一次恢復了他真正的年齡。

祁謙當時看著那份資料遲疑了一下。

「怎麼了？」除夕問道，「有問題？」

「如果我問出來，你一定會覺得那是個很傻的問題，但我就是想不明白。」祁謙皺著眉頭道。

「嗨，你以為你問的是誰？我。那個被你問過吃橘子為什麼要剝皮的人，你覺得還有什麼事情會比這更囧？我不會笑話你的，相反，我會很樂意為你解答你不懂的問題。」除夕發自真心道，他喜歡祁謙能更多的依賴他一些。

「橘子皮很有營養，2B250 跟我分析過，你們地球人就是身在福中不知福，實在是太浪費了，面對自然食物要懷著感恩之心，懂嗎？」哪怕是過去了十年，祁謙依然記得當時的每一個細節，以及他最初為之堅持的理由，至今他都覺得自己才是對的。當然，他現在吃橘子已經不會再連著皮一起了，那會被旁人當作異類，但卻不影響他始終覺得這是浪費。

「不要說得好像那個在吃餃子和湯圓時還想著剝皮的人不是你一樣。」除夕笑道。祁謙過去的黑歷史多不勝數呀！

「矯枉過正的經驗我相信你也有過。」祁謙雖然嘴上不服輸，但還是很快就轉移話題，提出自己的疑問：「說回我一開始的問題，裴安之假死的目的是為了保護你，但如今他給你的這份資料卻沒有隱瞞你的身分，就這樣大大方方的把你和他的關係寫了出來，包括你的父母和真實年齡，他就不怕埃斯波西托家族知道之後繼續追殺你嗎？這樣就失去了他假死的意義啊。」

「因為即便我們不說，埃斯波西托家族也還是會猜到我的身分。」

祁謙表示不明白，怎麼能猜到呢？在他看來，只要除夕不用裴熠這個名字，不寫正確的年齡，那就沒人能聯想到他就是他。

「一個長得很像是我父親和二爺爺的人，與曾和我是孤兒院最好的朋友的你同進同出，你覺得呢？」除夕笑著反問，又道：「我可以學我爺爺選擇整容，又或者遠離你，兩者同時進行效果最好。但那並不是我想要的，我不想整容，也不想不再和你聯繫。鑑於爺爺自己過去的經歷，不到萬不得已，他也不會再讓他的子孫後代體會他當年的生活。」

雖然裴安之的臉變得比所有人都完美漂亮，甚至還要年輕很多，但午夜夢回，看著鏡中陌生的自己，他同樣會感覺心情複雜。

因為那不是他。

當年裴家付諸一炬，裴安之為了自保，過去自己的影像哪怕是連一張照片都沒有留下。可那個才是真正的他，他所渴望的真正的自己。他就像是一個沒有過去的人，只有虛假的現在，和不知道何時會被冷不丁的暗殺結束一生的未來。

「那感覺一定很糟。所以，與其冒著即使過上這麼糟糕的生活依舊會被認出來，然後被默默殺死的危險，就像我父親那樣，索性還不如把我的身分公布出來，如二爺爺一般，雖然依舊有危險，卻也會因為這層身分而得到很多庇護和便利，即便是在爺爺生死不明的今天，也會有不少人想要巴結我的。這對我來說，無論我將來想從事什麼行業都會很有利，哪怕是當國際刑警呢，爺爺也有不少欠了他人情的老朋友在那裡。」

祁謙若有所思的點點頭，「我發現我在島上的時候被你騙了！你占我便宜！」

「啊？」除夕一愣，祁謙跟祁避夏待得太久就是有這點不好，影響腦細胞思考！

「在輩分上我是你叔叔！你竟然只叫我哥！白秋小爹完全沒說錯，就應該是我照顧你。快叫叔！要不今年不給壓歲錢！」最後的這句話是祁謙跟白家人學來的，每年過年他們都愛這麼逗他：叫XX，要不沒有壓歲錢。

「叔叔！」特別的沒有節操！

「……」

網路上說，據國外的心理學家的調查研究表明，快樂指數是和一個人所說的廢話多少成正比的。好比當一個人的廢話超過百分之九十的時候，那就證明他是極其快樂的；當廢話不足百分之五十時，也就證明了那人的快樂度不高。所以，真正的幸福大概就是和一個懂你的人，漫無邊際又歪樓歪得很厲害的聊天，聊一輩子。

除夕想著，這大概就是指他和祁謙相處的時候。

祁謙的過去他沒辦法參與，他不瞭解他的改變，不知道他的工作，更不認識他的朋友，但那又如何呢？

他只知道他和祁謙在一起的時候很快樂，這就夠了。

在除夕進行一連串自我糾結並自我疏導的過程裡，蛋糕正在面對除夕的學歷哀怨：「又一個玩跳級的混蛋，我身邊難道就不能有一個正常人嗎？學渣沒人權啊！」

蛋糕的表姨常戚戚什麼都好，唯一不好的地方就是愛拿蛋糕和親戚家的小孩比，這大概是所有家長的通病，哪怕是白秋、祁避夏這類兒控也不能免俗，但是他們家的兒子本身就很優秀，從小都是引得別人羨慕嫉妒恨的「別家小孩」類型，並不會給白言和祁謙造成多大壓力。但蛋糕卻不盡然，不是說她不好，而是與她對比的人太變態，她總有一種自己讓表姨在親戚面前很拿不出手的愧疚感。

現在又多了一個看上去年齡也不大，但一臉學霸精英相並且真的是個學霸精英的遠親裴熠——蛋糕的想法很簡單，祁謙是她的親戚，祁謙的遠親自然也就是她的遠親——蛋糕特別想對上天比個中指，之後再問上一句：為什麼不讓我生在和祁避夏同一個時代！這樣我就不會是最差的那個了啊！

祁避夏在他那一輩裡的地位就類似於此時此刻的蛋糕，幾乎所有的親戚家同輩、同齡的孩子都比他優秀。但他依舊活得很快樂，也不知道他是怎麼做到的。

蠢萌青年歡樂多嗎？

蛋糕決定有空一定要去向前輩取取經。

福爾斯在一邊拍了拍蛋糕的肩，安慰道：「沒事，這不還有我幫妳分擔痛苦嘛。」他們倆基本上可以說是同一戰壕的難兄難妹。

「彎變直的給我滾開！你不知道那是我的雷點嗎！」蛋糕以前是很喜歡福爾斯的，直至他甩了他在幼稚園的小男朋友，變成了一個正常向的死宅胖子。她只聽過被掰彎，第一次活生生見識到了被掰直！

「是他甩的我！」福爾斯不得不重申道，「所以說男人女人都不是好東西！」自從他父母離婚之後，他就變得很憤世嫉俗，地圖炮的情況略嚴重。

「所以你就決定和電腦又或者食物過一輩子？」

「有何不可？！」

「我已經預感到你們倆的春假都不會好過了。」

祁謙說了一句話之後，整間屋子立時變得鴉雀無聲，只剩下了快速翻動書頁和刷刷刷下筆的聲音。

「說起來，你現在在上的學校是？」除夕在祁謙監督福爾斯和蛋糕做題的時候多嘴問了一句。

「我畢業了。」祁謙回答。

「大學？」

「博士。」蛋糕幽幽的替祁謙回答，「doctor（注：醫生、博士）是我最恨的單字沒有之一。」

她和祁謙差不多大，當她還在國三混的時候，祁謙已經連博士都讀完了，還有什麼是比這更讓人絕望的？

祁謙這次都不用開口，一個眼神掃過去，蛋糕就好像剛剛說話的人不是她似的再一次埋首到了習題的汪洋大海裡。這個世界太不公平了，她想著，有人畢生的敵人只是綠色蔬菜，而有人——好比她——最大敵人是數理化三大魔王！根本不是同等級的好嗎？！

除夕想著以外星人的智商這個學歷也算是正常的，雖然不能一起上學有點小遺憾，繼續順嘴問道：「什麼科系？」

「數學。」這次輪到福爾斯回答了，「為什麼會有人能讀數學讀到博士！我連高一的數學都搞不定！」

「你國一的也搞不定。」祁避夏給孩子們端來了果汁，順便打擊福爾斯。

「說得好像你就能搞定似的。」福爾斯和蛋糕來了祁避夏家很多年，早已經摸透了祁避夏表裡不一的死蠢性格，和他火速的打成一片，「需要我提醒你，你大學花了多少年才畢業的嗎？」

「和祁謙博士同年畢業？」這是除夕能想到的極限了。

「從畢業時間來講，祁爸爸是祁謙哥哥的學弟。」蛋糕很驕傲的開口。當然，她驕傲的只會是她的祁謙哥哥，在她自己被拿去對比的時候她會很不開心，但在拿祁謙對比別人的時候，她又特別的不遺餘力和樂此不疲。

除夕睜大眼睛看向了祁避夏，他上一世一直對祁避夏的學業不太關心，因為他默認的是他大學畢業了，但現在看來……

祁避夏臉頰微紅，「只是晚了一年而已，一年！」

「嗯，因為我，才刺激他決定發憤圖強，用一年時間就補全了落下來快三年的課程。」祁謙給出了會心一擊。

「那個科系一定很難唸。」除夕這才想起來他還沒和祁避夏處好關係，解圍道。

祁避夏的臉色卻變得更僵硬了，「皇家電影學院音樂系流行音樂演唱班。」和祁避夏此時的工作簡直不能更相襯，又或者可以說他當初就是圖省事才報了這個班。而以他在業內的權威，讓他去教學生都綽綽有餘了。

哪怕是多智如除夕，都實在是不知道該怎麼繼續幫祁避夏說好話。

幸而祁避夏也不需要，只是在心裡更加堅定了除夕不是個好人的想法。「他肯定是故意讓我出醜的！」祁避夏在發給費爾南多的訊息裡如是說。

已經回到Ｓ市球隊的費爾南多看著祁避夏發來的訊息，遲疑半天才用安慰的口吻回了一句訊息。

他知道他不該回祁避夏訊息的，但這可是祁避夏主動聯繫他，他根本控制不住自己。在祁避夏沒聯繫他之前，他還可以告訴自己：你這樣是不對的，祁避夏是個直的，在過去你也算是個直的，如果你想儘快擺脫這種奇怪的感情，你就必須停止和祁避夏的聯繫！不僅是為了你自己，也是為了祁避夏……哦，祁避夏，那可是祁避夏啊！

費爾南多又一次陷入了對祁避夏的暢想裡。

晚上福爾斯和蛋糕離開之後，祁謙握著除夕的手說道：「你很不安。」

雖然除夕很不想承認這點，但在看到祁謙那雙充滿了自己倒影的黑眸時，他根本沒辦法否認，甚至是欣喜於祁謙對他的擔心。祁謙很少能感知到別人的感情變化，他能這麼問他，就已經足夠說明自己對他的重要性了。除夕真的覺得自己該知足了。

「如果你是擔心我的變化讓你覺得陌生、不適應，那我們可以重新認識。你好，我叫祁謙，來自α星，現在在地球當明星，為了積蓄尾巴能量，也因為我喜歡演戲。我想成為和你關係最親密的朋友。」

在他覺得祁謙已經夠好了的時候，他總有辦法讓他覺得他還可以更好。除夕徹底愣在原地，感覺自己的心裡有什麼東西已經漸漸開始壓抑不住，正在試圖破土而出。

◎◆◎◆◎◆◎

「要來看我踢球嗎？」

費爾南多在踟躕多時、換了N種語氣和表達方式後，最終在凌晨兩點，還是選擇了發送一則最簡潔的邀請給祁避夏，不過等到發出去他就後悔了，他怎麼能這麼不注意時間！要是祁避夏睡了怎麼……

沒等費爾南多譴責完自己，祁避夏的訊息就已回了過來，秒回：「俱樂部冠軍聯賽？」

「是的，四月初開賽，像往年一樣。如果你願意的話，我想你來看，我們今年很可能會再次奪冠，那就是三連冠了。」

「我是說我希望我們球隊能獲得三連冠，畢竟別的俱樂部也很厲害，特別是LV市的三支球隊。」

「哦，我前面沒有表達對意思，我是希望你以朋友的身分來支持我，給我信心。」

「我不是說沒有信心……」

「總之，你來嗎？」

費爾南多一連發了五條訊息，總感覺自己越描越黑的樣子。由幾大豪門俱樂部在上世紀初發起的俱樂部冠軍聯賽，是一年一度的足球盛事，代表了當今世界各大足球俱樂部的最高榮譽。判斷一個足球巨星是否為真的球王，其中之一的標準就是他有沒有獲得過俱樂部冠軍賽的冠軍杯，以及冠軍賽上的最佳個人榮譽。

「當然！」

十年前那次的世界盃之後，祁避夏就變成了一個不算特別熱衷足球的偽球迷，一般的聯賽未必會看，但足球的三大賽事一定會追。現在能免費去看現場，他當然願意，而且球員手上票的位置總是特別的好。

「謝謝。這對我來說真的很重要。沒打擾到你休息吧？」

「沒有，我想一個人想到睡不著覺。」

拿著手機的費爾南多愣住了。差不多五分鐘之後他才重新鼓起勇氣，努力用調侃的語氣問：「你的新戀人嗎？總是這麼換來換去，謙寶又該嘮叨你了。」

「不，他是我一輩子的戀人，我的祁謙寶貝！」

從天堂到地獄，再從地獄回到天堂，這就是此時此刻費爾南多的雲霄飛車心情，他甚至激動得有點按不準手機的虛擬鍵盤了，「謙寶又去外地拍戲了嗎？真是可憐。如果你以後睡不著覺，隨時歡迎你發訊息給我，或者打電話。」

「謝謝，但是我怕打擾到你第二天的訓練。」祁避夏其實也是很會為人著想的，所以他一般睡不著的時候只會去騷擾隔壁的裴越。

裴越：所以就不用為我著想了嗎？！

費爾南多的嘴角從剛剛開始就一直有點合不攏的趨勢，此時咧得更大了。他甜蜜的注視著自己的手機，就像是在看著深愛的人，「二十四小時隨時為您服務，先生。」

「哦，費爾，你真是個好哥們！」

再次回到地獄。

◎◆◎◆◎◆◎

於是，在祁謙不在的日子裡，祁避夏用一整個月的冠軍杯賽事打發了時間。

祁避夏的生活格言是：能拖到明天去做的事情絕對不會在今天完成。

他的意思是說，誰知道未來會發生什麼，萬一明天他就死了呢？又或者需要他工作的對象死了？再不然還有可能世界末日，他要是提前做了豈不是很虧？

雖然祁謙總是堅定的認為自己沒有被祁避夏影響，但現實是不會以人的主觀意志在做轉移的。

祁謙多少還是受到祁避夏的影響，好比在遇到可有可無的事情時的態度，他也愛拖著。

祁謙是在跟著《毀滅地球》劇組從外地拍攝外景回到ＬＶ市時才意識到的，他大概、似乎、有可能把當初和雙胞胎約好在下午見面付清餘款的事情忽略了。而祁謙想起這件事情的契機，則是在阿羅通知他近期要去參加錄製《因為我們是一家人》十週年特別輯的時候。

李杜導演的《因為我們是一家人》一直飽受好評，繼米蘭達的《下一站超模》成為白氏電視臺綜藝類節目中的王牌力量，並一如他當年所期望的那樣一拍就是十年，一年兩季，如今已經出到了第二十一季。節目內容在經過不斷的摸索之後多次改版，已經發展成熟，與當年大相徑庭。

作為十週年的慶祝，李杜就按照他當初設想的那樣，邀請到第一期的四組明星家庭，共同開啟十年前他們在快遞公司留下的時間囊。

也是在這個時候祁謙才想起來，他似乎放了雙胞胎鴿子。

「他們說要告訴我一件對我至關重要的事情，但我因為飛機失事的事情沒能赴約，等後來回到LV市又因為事情忙把他們忽略了，你覺得他們現在還會告訴我那是什麼嗎？」祁謙這樣問除夕。

在商量節目劇本的會議當天，雙胞胎用實際行動告訴了祁謙：想得挺美！

「不是我們不告訴你，而是我們想告訴你，你卻沒來，你自己都那麼不重視，還指望誰來幫你？憑什麼要我們為你的錯誤買單？」阿波羅的意思很直白赤裸，「在你把我們扔在市中心，又放了我和我哥哥鴿子的時候就該想到了。」

「很抱歉。」相對溫和一些的阿多尼斯也沒有鬆口，「情況不一樣了，現在我們沒了危機感，也就再沒有了破釜沉舟的勇氣告訴你，那件事很有可能會對我們招來殺身之禍。」

自保是人類的本能，雙胞胎不算大惡之人，但也絕對不是什麼善人。

如今他們最大的敵人——他們的父親——赫拉克勒斯已經被埃斯波西托家族的人在獄中滅口，祁謙背後的裴安之又下落不明，他們自然犯不著為了一個已經無法再威脅到他們的事情去讓自己涉險。在合約協議都不能更完全保證個人利益的今天，口頭約定又算得了什麼？

「你們害怕得罪別人，就不害怕得罪我嗎？！」

中秋和島上其他一些已經長大成年的孩子陸續在除夕的幫助下離開了小島，2B250 給了他們一個全新的身分，好讓他們留在除夕身邊幫忙。

雖然除夕用黑子這些年累積下來的資金開的是一家金融公司，但很顯然被黑子和他兄弟們養大的中秋等人更習慣的是黑社會的路子，威脅起人來一個比一個還順溜。在除夕沒辦法陪著祁謙的時候，中秋就會充當那個忠實的打手角色。

「我們怕你什麼？」在雙胞胎看來，中秋不過是個人高馬大的隨行保鏢而已，他們就不信了，祁謙還能縱容保鏢在這麼多人的面前打他們不成？

中秋猙獰一笑，「你們會知道的。」

雙胞胎強裝鎮定的離開，不斷告訴自己對方不過是逞能，只會口頭恐嚇而已。

「我會儘快把您想知道的東西找到的。」中秋對祁謙畢恭畢敬的保證道。在快艇上時，他和祁謙還只是多年不見的朋友，但現在，祁謙是跟他老闆裴熠一樣重要的存在，他不能越雷池一步。

「謝謝。」祁謙其實自己也在考慮用武力威脅的可能性，不過現在有中秋代勞了。

祁謙在《因為我們是一家人》中的節目環節要錄製一整天，和第二十一季的明星家庭一起在白天完成任務，晚上再來拆開時間囊。這會成為第二十一季第一集的全部內容，在六月一日——也就是當年第一季第一集開播的時間播出。

為了懷念第一季，這一季的第一集採取的也是當年的環節，一開始就是明星的孩子們分成兩組，一起去別的城市找家長，禁用一切高科技設備——這是李杜導演從祁謙身上吸取到的教訓。

而祁謙等五個當年的明星孩子，需要每人負責一個現在的明星孩子，照顧他們一整天。雙胞胎比較占便宜，他們兩個人負責一個孩子。

祁謙分到的孩子是影帝謝忱的兒子可樂，孩子的大名沒有對外公布，只寫了小名。

謝忱也住在LV市的三十三天外，和祁謙家離得很近，他的兒子可樂是個有點害羞內向的小男孩，很乖巧聽話，唯一的問題是……謝忱就是演《地球人》裡艾斯少將的那個演員，也就是因為粉絲們表示只有祁謙才能真正演出艾斯少將的精髓，而覺得自己被羞辱了的那個演員。

不得不說，來自《一家人》節目組的「誠意」在這十年裡有了長足的進步。

「我不喜歡你。」這是謝忱對祁謙開門見到他之後說的第一句話。

本來準備打招呼的祁謙閉上了嘴，跟在他身後的導演組和攝影組則激動了起來，雖然知道兩代艾斯之間肯定會有衝突，沒想到好戲這麼快就來了，這季何愁沒有收視率？！

影帝謝忱的性格，在整個追求標新立異、不怕自己負面緋聞纏身就怕自己沒有個性的演藝圈裡，也算是獨樹一幟，說得好聽點叫為人嚴謹、有一說一，說得難聽點就是大嘴巴，幾乎把演藝圈三分之二的人都得罪了個乾淨，剩下那三分之一是還沒來得及得罪的。

好比祁謙，還有祁謙背後平時與謝忱沒什麼交集的祁避夏和裴越，以及白齊娛樂和白氏國際，這次他一下子就要圓滿了呢。

白冬等人自然是不屑，也沒有那個時間因為一句「我不喜歡你」就專門和謝忱過不去，真要那麼做了才是有病，他們是世家，不是非要搞死誰的職業黑道，但是他們只需要稍稍表現一下他們也不喜歡謝忱的態度，都不用自己動手，自有大把的人會替他們為難謝忱。

就像是他們對雙胞胎做的。

C國這幾百年來的論調都是罪不至子女，在赫拉克勒斯的事情出來之後，雙胞胎並沒有受太大的牽連，甚至反而因為赫拉克勒斯入獄後，他們獲得了精神上的解放，同時也得到了赫拉克勒斯多年來的大部分積蓄，讓他們瞬間坐擁了上億資產。

但是雙胞胎光鮮亮麗的生活，並沒有經過多長時間就遭到了來自白氏的打擊——事業受挫，這也是他們對祁謙感到生氣的主要原因。基本就是惡性循環。

多少聽到一些風聲的謝忱，即便知道這些，也還是管不住自己的大嘴巴。

這也就是為什麼十九歲就出道的影帝先生，即便科班出身、演技精湛，也是在勤勤懇懇演了二十多年之後，四十四歲才憑藉一部小成本電影問鼎影帝的位置，並在五十歲的今天剛有一個六歲大的兒子。

用祁避夏的話來形容就是：「他的智商和情商還不如我。」

「但他依舊混成了影帝。」阿羅是這樣涼涼的反駁祁避夏的，讓他不要太驕傲。

能在得罪了大部分人之後，還獲得影帝榮譽的人，自然也是有一番本事的，更不用說他那個號稱貴精不貴多，但絕對死忠的粉絲團體，全都是追了他幾十年的老人，哪怕是祁避夏都沒這個魅力。

在祁謙真正見到謝忱，並接觸了他人之後，他才終於明白了那是為什麼。

謝忱對祁謙緊接著說的第二句就是：「總有人跟我說你才是唯一能演出艾斯少將精髓的人，這在我看來是對我職業的極大羞辱。但這並不是我不喜歡你的原因，我會在看過你演的艾斯少將之後再決定我會不會因此討厭你。」

不喜歡和討厭是兩種境界，因為不喜歡代表著也不討厭。謝忱是個實事求是的人，他不會從別人口中來判斷一個人的好壞，哪怕那個人是別人說他不如他的人。

「哦。」祁謙是這樣回答的。

「……你這個性格還真是不太討喜呢。」

「彼此彼此。」

這種無處下手的感覺，氣死人不償命多年的謝影帝第一次有點明白討厭他的人為什麼會那麼堅持的討厭他了，「你就不好奇我不喜歡你的原因？」

「哦。」祁謙在習慣性這麼說完後，還是決定稍微在鏡頭前配合一下謝影帝，「為什麼？」

後來節目播出的時候是很真實的播放了這一段，全程沒有任何剪輯或刪減，原原本本的把兩人的對壘展現在了觀眾面前，是吸引觀眾的主要爆點之一。

在這一段畫面播出時，彈幕基本上是能直接卡死的那種情況：「那一刻，謝影帝絕對在想著臥槽突然很不想說原因了腫麼破」、「我殿呆到深處自然黑啊」、「謝大叔支持者默默飄過」、「雖然知道不可能，但還突然就萌上了艾斯少將X少年艾斯的配對了呢」、「自攻自受可以有！」、「一旦接受這個設定略萌啊！」、「求開文yoooo」……

無論事後網路上因為這一段神奇的交集而歪出了多少個話題和配對，此時此刻，在節目剛開始錄製的時候，謝忱最終還是給了祁謙他不喜歡他的原因：「因為我兒子喜歡你……」

祁避夏的既視感撲面而來。

對於每個兒控來說，兒子喜歡的除了自己以外的人就都是敵人！

「……我太太也很喜歡你。」謝影帝終於把他的話說完了。

謝太太自嫁給了還不是影帝的謝忱之後，就一心一意支持著丈夫的事業，當起了全職太太。她是現在這個流行無論男女只要是大牌都愛找個比自己最少小二十歲伴侶的演藝圈裡，唯一一個和丈夫同歲的圈外人，並且在謝忱功成名就之後也沒有離婚，可以算是真正低調的患難夫妻，比起別的大秀恩愛的明星家庭要實在得多。

像每個家庭主婦一樣，謝太太也是個不折不扣的電視劇迷，平時最愛看的就是各種婆媳鬥爭、宮鬥諜影，一拍能拍好幾百集的狗血苦情大劇。

這種情況直至差不多六、七年前，謝太太和謝忱一起努力了十幾年終於造人成功，而有了不一樣的變化。謝太太雖然還是喜歡看電視劇，卻慢慢的喜歡上了肥皂喜劇，以及小孩子戲分比重較大的電視劇，好比月沉的《人艱不拆》。

在火速補上了前幾季之後，謝太太就成了《人艱不拆》的忠實粉絲，每週五晚上都會準時坐在電視機前，收看白氏電視臺的黃金檔，雷打不動。

而可樂由於當時人還在謝太太的肚子裡，沒什麼自我選擇能力，就陪著謝太太一起補完了《人艱不拆》。也不知道是不是這個胎教的方式有點不對，總之在可樂出生之後，他也養成了每週五晚上和媽媽一起追劇的習慣，看得津津有味，也不管他能不能看懂，只要電視劇背景音裡有觀眾的笑聲，小可樂就會跟著一起笑，這也是他小名的由來。

愛看《人艱不拆》的，就鮮少有不喜歡 Dr. 李的，也就是祁謙飾演的角色。

於是不可避免的，謝太太和可樂都成了祁謙的腦殘粉，並不遺餘力的在接下來幾年裡向謝忱推崇Dr. 李和祁謙，直至謝忱一聽到祁謙的名字就頭疼的地步。

每個人多少都會有類似的經歷，當某一個人物或者某部劇紅透半邊天，在社群網路上、朋友圈以及通訊軟體上被無數好友洗腦式的推銷，傾銷式的洗板之後，你不僅不會去看那部劇、關注那個人，還會產生一種微妙的牴觸情緒。

這就是謝忱此時此刻對祁謙的複雜感情。

劇組之前的劇本討論會上，祁謙和謝忱沒怎麼接觸，不知道他不喜歡他的原因是這麼回事，阿羅也沒有為祁謙準備好應對之策，這讓祁謙一時間有點不知道該說什麼，幸而他還有一套他慣用的套路：「哦。」

這真的是個萬能句。

謝忱被虐得徹底沒脾氣，真是一句話都不想跟祁謙多說了。於是他快速領著祁謙和劇組的人進了門，將祁謙丟給了更願意和他接觸的妻子和兒子。

留了一個妹妹頭髮型的小可樂害羞的站在媽媽身後，探出一顆頭怯生生又充滿了渴望的看著祁謙，內向的打了個招呼：「Hi～」

「Hi～」

祁謙總是對小孩子很沒有抵抗力，特別還是喜歡他的小孩子。他就是這麼一個有原則的人，很難討厭一個特別有品味和欣賞水準的人……為什麼突然覺得這個論調很耳熟？祁避夏有說過嗎？祁謙開始有點擔心自己真的被祁避夏影響三觀了。

比起已經年過五十卻依舊十分英俊有氣質的丈夫，謝太太就明顯要老態很多。看她的眉眼，年輕的時候頂多只能用清秀來形容，五十歲之後在容貌上更不占優勢了，氣質上也很普通，簡單來說就是一個再平凡不過的普通女性。然而，她的態度很平和，看她積極努力營造的家庭環境就知道，溫馨舒適，能讓人迅速放鬆下來。一個很傳統的C國女性形象，溫柔賢慧，待人真誠。

如果不是謝太太已經嫁給了別人，並且擁有一段幸福的婚姻，祁謙會特別樂意促成祁避夏和她的婚姻。

謝太太雖然說是祁謙的腦殘粉，卻也不會熱情到讓人覺得尷尬、下不來臺的那種，而是恰到好處的讓你明白她喜歡你、很欣賞你，她不會求你什麼，也不會逼你做什麼，只是很單純的喜歡。從她遞給祁謙的點心和飲料裡就能看出她的用心，每一樣都是祁謙曾對外說過的會喜歡吃的東西。

「謝謝。」祁謙接過飲料的時候對謝太太道謝。

「別客氣，我們家可樂明天就麻煩你了。」謝太太笑著說道。

在謝太太喜歡上祁謙之後，她就去補看了《因為我們是一家人》的第一季，等後來知道丈夫兒子會和祁謙一起錄節目之後，又特意重新看了一遍。不得不說，當年的五個孩子裡，如果一定要把兒子交給其中一個，謝太太覺得她只會放心祁謙，看上去特別可靠的樣子。

「可樂很可愛，我很高興和他一起。」祁謙這話絕對是發自肺腑的，來之前祁避夏和除夕總在他耳邊嘮叨對付熊孩子的一百招，現在看來那些完全用不上，可樂簡直不能更乖。

「我、我也很高興和……」可樂坐在媽媽的身邊，努力讓自己的聲音聽起來正常一點。

「叫我哥哥就好。」祁謙很體貼的說道。

「和哥哥一起錄節目。」可樂笑了，雙眼靈動，脣紅齒白。

之後祁謙在和謝太太瞭解了一些可樂的習慣和照顧他的注意事項之後，就起身告辭回家了。因為住得近，週五晚上祁謙就只是來認認門和孩子熟悉一下，明天早上再來接可樂一起開始週六全天的大冒險。

住得遠的就要在當晚入住別的明星家了，好比苦命的福爾斯，他要去別的城市照顧一個精力無限的小女孩。

【我覺得我又能愛上同性了呢。】福爾斯是這樣在微信群裡用語音表達了自己的悲憤和苦情，他從未感覺到如此累過，那種彷彿連指頭都不想動的感覺，實在是太減肥了！

【被小女孩折磨的對女性產生了恐懼症？早知道這招慣用，我就用在你身上了！】蛋糕分到的也是一個小女孩，不過大概是因為兩人都是女性的關係，他們相處的十分融洽，晚上還一起玩了洋娃娃，和玩偶開茶話會什麼的。大公主和小公主，簡直是滿滿的童真。

【不是！和女性上床有可能會買一送一，和男性上床就沒有這方面的顧慮了！】當一個熊孩子的臨時爹的感覺就是再也不想要孩子。

【注意一下你只有十六歲好嗎？】被祁謙拉入微信群的除夕很不滿，這樣不是帶壞祁謙了嘛！

祁謙默默的把除夕和祁避夏給他的對付熊孩子的一百招，詳細的寫好之後，用電子郵件寄給了福爾斯，並隨信附上一句：不要哭，站起來擼。

食物。

◎◆◎◆◎◆◎

第二天一早，祁謙和祁避夏組隊，準點開始了每天兩小時的日常任務——晨跑以及抱怨

現在這個刷日常的小隊裡又多了一個始終無法踢出隊伍的新隊員除夕，也就是裴熠。這讓隊員祁避夏有點不滿意，但這是隊長祁謙的決定，祁避夏唯一能做的就是努力假裝裴熠不存在。一如《一家人》劇組的攝影機，藉用巧妙的錯位以及事後的刪減，整檔節目裡都不會有除夕的任何鏡頭，雖然說是不會對外隱瞞自己的身分，可除夕也沒想著要多高調。

「裴越就不會如此。」祁避夏是這樣說的，言下之意就是除夕還不如裴越。

除夕面對祁避夏的有意針對束手無策，最終也只能放棄治療。雖然不至於針鋒相對到讓祁謙為難，但他已經不打算挽救自己和祁避夏的關係了，只會有什麼說什麼道：「我正是不想變成我叔叔那樣，才……」

祁避夏很鬱卒，但他也不得不承認，裴越確實不是什麼好的正面例子。

早餐之後，祁家三人先後離開了祁家，祁避夏去趕通告，除夕上午上學、下午去公司，祁謙則到謝忱家接可樂去機場。

祁謙到謝家的時候，可樂正準備吃早餐。

「要一起吃一點嗎？」謝太太自己下廚準備的食物不算精緻，分量卻很足，一看就是專門為祁謙多準備的。

面對眼前的情況，祁謙自然也沒說自己已經在家吃過的事情，只是笑著欣然答應，入座陪可樂和謝太太一起又吃了一頓傳統的C國早餐。謝太太的手藝沒話說，雖然沒有祁家專門請來的大廚做得精緻漂亮、雕花刻龍的，但勝在用心，帶著一種很溫暖的感覺。

祁謙再次在心裡小小的遺憾了一下不能讓祁避夏把謝太太娶回家的想法。

等後來節目播出後，不少粉絲，包括謝太太，都覺得從這件小事上就能看出祁謙的本質真的是個很溫柔又體貼的人。謝太太為他精心準備了食物，雖然如果當時祁謙直接說他已經在家吃過了，謝太太也不會覺得難堪，只是……難免會覺得有點小失落。

做飯的人，無論專不專業、好不好吃，總是希望自己用心做出來的東西對方能吃到，並且喜歡。祁謙什麼都沒說，承下了這份情在謝太太看來就是一份體貼。

當然，對於祁謙來說，他其實是很高興能再多吃一點的，再小的能量也是能量啊，他也很感激謝太太。

皆大歡喜。

在準備動身離開前，祁謙等人還有一個任務，就是問自己分到的孩子一個節目組早就準備好的問題：「你想爸爸／媽媽嗎？」

而前一晚就動身前往外景地的明星們也會做出預測，孩子會不會想自己。

謝影帝的回答是：「可樂可以算是我和我太太老來得子，是唯一的孩子，我和我太太難免有點嬌寵他，讓他的性格有點過於內向和害羞了，也讓他很依賴我和我太太，我真的很擔心他能不能和祁謙處好，希望他大哭的時候祁謙能應付。」——擔心得不得了。

但可樂這邊的實際情況是：「萬歲！能和哥哥一起出門玩～」——興奮得不得了。

簡直不能更打臉。

等在外景地透過攝影機看到兒子的表現之後，謝忱的臉色變得很微妙。旁邊另外一個女嘉賓拍了拍謝忱的肩，「節哀，我女兒昨天也吵著問我什麼時候能見到祁謙呢。」

祁謙的殺傷力是老少咸宜的，粉絲群特別廣。

「所以說我果然是對他喜歡不起來啊。」謝忱無奈長嘆。

因為有大孩子的加盟，找爸爸這個環節的難度就被節目組調高了，好比前面說過的禁止一切通訊設備（李杜導演表示：不用懷疑，我針對的就是祁謙！），哪怕是與自己同組的人會合，也是前一天晚上約好地方，第二天就沒有辦法再聯繫了。而只有當兩組人員順利會師之後，對上他們在早上拿到的一邊一半的紙條，才能得到第一站的資訊。

祁謙這組的搭檔除了可樂以外，就是當年的搭檔蛋糕和她現在帶著的小女孩，兩人穿了一對姐妹裝，梳著一樣的髮型，一大一小十分顯眼，沒再出現當年找不到彼此的窘況。

衣服是蛋糕特意買好了之後直接送給她帶著的小女孩的，頭髮也是蛋糕幫忙梳的，哪怕是祁謙都不得不讚一句這真的是個認人的好辦法。在茫茫人海裡尋找一大一小穿著一樣衣服的人，總比按照單獨的個體找人要容易一些。

而為了給可樂表現的機會，祁謙是在等到可樂發現了她們之後，才打了招呼。

「你真厲害。」祁謙這樣對可樂誇獎道。祁避夏告訴他，小孩子總是需要鼓勵的，這樣他們才能健康而又積極的茁壯成長。

可樂果然笑得十分燦爛。

李杜導演坐在外景地的攝影機前看著，想著祁謙也真的是成長了不少啊，明白了不能喧賓奪主的精髓，這個節目的主要看點還是在孩子身上，而不是他們。

一如多年前，第一個達到目的地的自然還是祁謙組，不過這次他們按照李杜導演期望的那樣，在外面晃了很大一圈才最終找到謝忱。孩子們都玩得很開心，節目組也滿意，沒再出什麼意外情況，李杜導演都快流下感動的淚水了。

等懲罰節目結束之後，就到了今天下午真正的重頭戲，和趕到外景地的明星家長拆封時間囊。

雙胞胎的父親赫拉克勒斯被所有人一起默契的遺忘了，演藝圈就是這個樣子，一個人紅起來很快，消失的只會更快。

福爾斯苦惱著他負責照顧的小女孩一個勁的想往祁謙身邊站，沒怎麼和他的母親米蘭達搭話。

最起碼在外人看來是這樣子。

而真實情況是，自米蘭達和退役的蘇蹴離婚之後，福爾斯就很少再和他母親說話了，倒不是他在故意使用冷暴力，而是他怕控制不住自己和米蘭達吵起來，進而用惡毒的語言傷害了他愛的人。

十年時間說長不長，說短不短，很多人和事都已經面目全非。當然也有沒變的，好比祁避夏還是那麼蠢，三木水大神……還是那麼懼高。

「為什麼一定要安排滑翔機這種環節！」

時間囊自然不是那麼好拿到的，家長們想要得到孩子們的時間囊，就必須用滑翔機飛到山谷的另一邊去取。其實滑翔機也沒什麼可怕的，最可怕的是節目組準備的還是懸掛式滑翔機，也就是滑翔翼。

「故意的嗎？」

「咳，節目組考慮到了您的這種特殊情況，於是給了各位三個選擇：一，如果自己的孩子照顧的另外一組家庭孩子的工作，讓那個家庭的家長很滿意，他們可以幫忙出戰；二，由自己的孩子頂上；三，放棄，不要時間囊了。」主持人大明哥哥介紹道。這個彈性很大的通融自然是考慮到了這次節目嘉賓的特殊情況，好比沒有父親的雙胞胎。

自然沒有人會選擇三，那可是屬於孩子的珍貴回憶，怎麼樣也必須要拿到啊！

蛋糕把小女孩照顧得很好，小女孩的家人自然是很樂意幫助三木水的；其實即便照顧不好，對方的家長也會很樂意幫三木水的忙，順便賣個人情。

而祁避夏則是個找死愛好者，換句話說就是各種極限運動他都會，而且技術很不錯，好比飆車啊、高空彈跳等等，更別說是滑翔機了，無論是動力的、太陽能的還是懸掛式的，他都十分拿手。如果不是怕祁謙跟他發火，他甚至能做幾個看上去很漂亮的危險動作。

「哥哥，你爸爸好厲害。」可樂這樣對祁謙說道，羨慕的語氣溢於言表。

在一邊聽到的謝影帝沒說什麼，只是用實際行動表示，他也要來一次，哪怕對面沒有東西他也要來一次！

明星們其實在之前都已經接受過滑翔翼訓練了，雖然表現的好像第一次玩，但根本不可能。為了保證各位明星的人身安全，節目組是不會真的讓他們在完全沒有接觸的情況下去找死的。而無論是否要拿時間囊，節目組都會很歡迎明星們來試一圈。

然而，再怎樣受過訓練，謝忱這種新手也肯定是玩不過祁避夏的，祁避夏當仁不讓的成為了第一。而謝忱……都沒比過米蘭達，這也是一位找死的高手。

可樂卻依舊很高興的在謝忱回來後撲了上去，小臉紅撲撲興奮說著：「爸爸好勇敢。」

謝忱表情沒變，不過，其實是個人都能看出來他很高興。

在事後的旁白配音時他表示：「每一個父親大概都很希望自己能被兒子崇拜，變成他心目中的英雄。我當時看著可樂那麼喜歡祁避夏，其實是有點小嫉妒的，所以一時衝動就去做了。幸而我兒子沒讓我覺得後悔，雖然我玩得很爛，但是他依舊以我為傲，那麼支持我。我很感謝這次節目給了我這麼一個機會，也讓我兒子變得更加外向活潑。當然，也很感謝祁謙。」

當夜幕降臨，四組家庭正式打開了他們的時間囊，看到了他們在第一季節目裡孩子們一點一點放進去的東西，都大呼沒想到竟然會保存了這麼多。

祁避夏看著祁謙畫的第一幅畫，傻了好久，那是他兒子關心他的證明。

這讓祁謙覺得他大概這輩子都不會告訴祁避夏，他當時真的只是覺得看他出糗比較好玩才畫下來的，看著祁避夏從高空墜落什麼的……咳，家裡的親戚，哪怕是白冬都表達了喜聞樂見。

蛋糕則在每一張畫下面都用幼稚的筆體寫了大大的一句「我愛爸爸」。

好吧，「愛」字太複雜，她當時不會寫，最後只是畫了個桃心代替，但卻已經足夠讓平時一直都冷冷清清的三木水迸發出很強烈的感情了。養大一個孩子真的很不容易，需要在孩子身上付諸大量的金錢和精力，可往往孩子一句「我愛你」就能讓家長覺得吃再多苦、再累也值了。這就是親情。

米蘭達看著福爾斯親手做的一家九口的小工藝品，哭得泣不成聲，她抱著兒子一遍一遍的說著對不起。世人都覺得她和蘇蹴離婚是因為蘇蹴退役後失去了商業價值，她另尋高枝，但是他們在一起風風雨雨十幾年，共同孕育了七個孩子，如果不是感情深厚，又怎麼可能如此？離婚的真相，米蘭達一直沒對任何人說過，哪怕是她的孩子們。現在她終於下定決心在節目之後跟她的孩子們好好談談了。

而雙胞胎則被攝影機捕捉了那一句「H！E！L！P！」，即便再想弱化雙胞胎的存在感，看到這一句，敏感的主持人大明也還是決定頂著壓力上前問一句來由，他的職業預感告訴他，這也許會成為一個很大的爆點。

雙胞胎中的哥哥阿多尼斯深深的看了一眼祁謙。

祁謙看回去，他問心無愧，他真的不知道他們當年向他求救過。

弟弟阿波羅已經粗魯的揉壞了那張紙，倔強的說道：「開個玩笑而已，小時候什麼都不懂，隨便寫寫，沒什麼意思。」

阿多尼斯則拉住了弟弟的手，緩緩講了父親對他們和母親的虐待，沒有提祁謙半句。節目播出後，自然是引來了一片譁然，很多人都在關注著這件事情，本來因為赫拉克勒斯的事情對雙胞胎有點反感的觀眾，也都紛紛開始同情起了這對雙胞胎。不得不說，雙胞胎利用那張紙，打了一場漂亮的翻身仗。

這就是演藝圈，三十年河東，三十年河西，起起伏伏，誰也不知道下一刻會發生什麼。

好比在雙胞胎勢頭最盛的時候，阿多尼斯慘死家中。而他在死前，曾在節目最後跟祁謙說過：「節目之後我想跟你談談，關於咱們約定的事情。」

×月○日　第十八篇日記

愚蠢人類設的愚蠢圈套

看了這麼多年動漫畫和小說，深諳各種意外橋段的祁謙，自然是不會讓他的人生裡出現那種「差一點就能知道真相，結果準備說出真相的人卻被滅口了」的狗血梗。

阿多尼斯是死在節目播出之後，也就是六月，而節目是在四月底錄製的，換句話說就是這中間有一個多月的時間足夠他們見面。事實上，他們的確是見面了，還見了好幾面。不過雖說是私下裡秘密會面，但知道的人其實挺多的。＝＝

好比除夕。

阿多尼斯死後，除夕第一時間就接到了消息，並讓黑子在喬裝打扮之後，前往雙胞胎在ＬＶ市的住處處理此事。除夕則一邊打電話給祁謙，一邊趕往祁謙的所在地。

此時祁謙正在ＬＶ市大學，準備以歷屆校友的身分，在百年的大禮堂裡向一千名應屆畢業生進行演講。

「什麼時候輪到你？」除夕問。

「畢業典禮還沒有正式開始，開始之後我前面有校長演講、副校長演講、幾個學院院長以及幾個系主任演講。以他們的官腔速度，大概還需要一到兩個小時左右吧。怎麼了？」

「讓你身邊的中秋他們去守著能進入禮堂的幾個門，注意媒體和突然出現的阿波羅，希望黑子能在此之前找到他。你演講完就快點離開，並且做好隨時會離開的準備。阿多尼斯死了……他的死是個圈套！你絕對不能和這種不名譽的事情沾上邊，明白嗎？！」

聯想到阿多尼斯和祁謙此前的種種，好比阿多尼斯承諾好的約定又臨時變卦，中秋去威脅雙胞胎，以及後來阿多尼斯和祁謙的幾次私下見面……想誣陷祁謙殺人真的太容易。

「但是我一直在學校的大禮堂，怎麼可能會有作案時間？」阿多尼斯可是剛死，除夕就接到消息了。

「買凶殺人、指使家裡的保鏢去殺人、甚至是像偵探片裡策劃了完美的不在場證明殺人案……可能性我可以舉很多給你聽，但重點不是這些可行性，而是媒體報導裡『殿下被受害者家屬指責謀殺』！」除夕是個十分善於腦補的人——在陰謀詭計方面。

祁謙是公眾人物，不要說真的被警察逮捕了，只要衝動的阿波羅來大禮堂鬧一下，種下哪怕一丁點懷疑的種子，祁謙都會沾上一身腥，洗都洗不掉。

特別是還有一群虎視眈眈的等著祁謙「墮落」成祁避夏第二的媒體記者，以他們能把一分說成十分的能力，再藉助如今越來越發達的、無孔不入的、仇富心態極強的網路一族，白家再勢大，也難堵悠悠之口。從前段時間祁謙和陳煜發生爭執，都能被扯成祁謙為利益與昔日友人翻臉的報導裡就能看出一二。

而除夕最怕的就是，對方不是要毀了祁謙的名，而是要把阿多尼斯的死嫁禍給祁謙。

「你放心，無論是我，還是白家，都不會讓你和這事情有一絲一毫的牽連。如果真的到了萬不得已的時候……」除夕安慰著祁謙，順便在心裡譴責著自己，他明知道雙胞胎是埃斯波西托家族的人，卻因為害怕祁謙攪和進這件事情裡吃虧而一直沒有告訴他，才會讓沒有防備的祁謙中了圈套。

這都是他的錯，他太自大了，以為自己能搞定，結果他連祁謙都沒有辦法保護！越是珍惜的事情，越是小心翼翼，這反而束縛了除夕的手腳，讓他變得都不像是他自己了。

「我早就知道這是個圈套了。」祁謙出聲打斷了除夕的話，也打斷了他的自我厭棄。

「什麼？」拿著手機的除夕愣住了。

「我說，我知道這是個專門針對我設下的圈套，我還知道這個圈套的起點不是雙胞胎臨時毀約不再告訴我他們答應告訴我的事情，而是從他們對我做下承諾的那天，圈套就已經開始了，用祁避夏父母死亡的真相讓我相信他們，進而好引我上鉤。」祁謙知道的遠比所有人都多，如果不是阿多尼斯真的死了，他甚至不會向除夕坦白這件事情。

現在事情有點失控，祁謙才決定和盤托出，他怕繼續隱瞞下去，會出更大的事情。

「但是他們後來還試圖殺死你，要是你真的死了，那設置這麼個圈套還有什麼意義？」除夕判斷圈套是從雙胞胎臨時變卦時開始，一是因為他們前後反差很大，二則是裴安之的飛機失事。他的意思是，這根本就說不通，又要殺祁謙，又要陷害祁謙，有病嗎？上雙重保險也不是這麼上的。

「飛機失事要殺死的不是我，而是裴安之。幕後的人也是想透過祁避夏父母的事情拖住我，不讓我上飛機。沒想到裴安之會堅持等我看完祁避夏的父母。」

「你是說有兩方人馬，他們互相合作，又互相牽制？一方想殺了我爺爺……」毫無疑問這方人馬會是瘋狂的埃斯波西托家族，「一方不想你那麼容易的死在飛機上，而是設置了圈套陷害你？但是為什麼呢？」

殺人不過頭點地，是要多大的仇才會讓對方費如此波折？

「是的，對方的目的不是簡單的殺了我，他在報復我，他在等著看我名譽掃地，眾叛親離。當年我剛被祁避夏帶到ＬＶ市時就遇到過一次，只不過當時那個幕後的人能量還很小，計畫稚嫩，雖然損害了我的一些名譽，但很快就被祁避夏和白家扳回一城。所以他當時唯一能做的就是離間我和我的朋友。」

陳煜就是個再好不過的例子。

對方讓陳煜的母親林珊相信祁謙背後沒什麼太大的勢力，白家什麼的不過是以訛傳訛，並在陳煜去Ａ國拍戲的這些年不斷潛移默化影響著林珊的想法，讓她不僅覺得祁謙對她兒子未來的事業沒什麼幫助，甚至反而會阻礙到他，成為他最大的對手。

護子心切，把兒子的事業當作自己夢想的延續到已經有點走火入魔的林珊，自然而然就會做出點什麼，並且也真的成功了一段時間。

最有力的證據就是，十年前在Ｃ國時，林珊對祁謙的態度其實還好，雖然不怎麼滿意，卻也不至於太過排斥，她還是會讓陳煜去找祁謙玩，參加祁謙的生日派對什麼的。但自從她和陳煜去了Ａ國，一切就都變了。

祁謙對除夕慢慢的說著他所知道的事：「最可怕的是，受到影響的不只是陳煜和他的母親而已。」

「費爾南多！」除夕立刻想到了這個最近和祁避夏走得很近的男人。

除夕記得祁謙告訴過他，費爾南多剛來Ｃ國發展的時候，加入的是ＬＶ市的傳統豪門，也就是成就了蘇蹴的足球俱樂部，而世界盃之後，蘇蹴為費爾南多和俱樂部牽了一下線。結果費爾南多卻沒能在ＬＶ市待多長時間，最終轉會去了Ｓ市，疏遠了祁謙一家。不過以費爾南多和祁避夏現在的關係，這個挑撥應該算是失敗了。

「還有福爾斯和蛋糕。」祁謙道。他身邊朋友不多，但在過去的十年裡卻接連出事。福爾斯的父母離婚，這件事情的真相如何誰都不知道，但祁謙可以肯定的是，福爾斯以前的小男友路易和福爾斯分手的這件事，本來的目的也是為了針對他。

那大概是在福爾斯的父母離婚之後一段時間的事情，有一天福爾斯突然和路易分手了。那時祁謙曾問過福爾斯原因，福爾斯憤憤的對祁謙說：「哼！誰知道他突然發了什麼瘋，跟我說了很多你不好的話，說你是真正導致我父母離婚的原因，還說你意圖破壞我和他的感情什麼的……我一點都不想重複那些神經病一樣的言論。你是什麼人我還不知道嘛！我父母離婚那麼大的事情，你能摻合出個什麼結果？值得信任的朋友少有，情侶還不遍地都是？所以我就和他分了。」

那段時間福爾斯正因為父母離婚，覺得愛情根本不值一提，只有親情和友情才是永恆，於是很輕鬆的就破了這個陰謀，並且始終相信著祁謙。

蛋糕那邊的情況也類似，不過祁謙當時甚至都不知道發生過這樣的情況，是在很多年後的今天，他特意去問蛋糕的時候，蛋糕才模糊的想到，她小時候家裡好像也確實發生過一些奇怪的事情。就是關於她轉學來ＬＶ市，三木水也常駐ＬＶ市的事，森淼曾經和三木水有過爭吵。

不過那事被三木水一句話就打發了，他們夫夫的感情十分穩定，蛋糕根本沒擔心過，那次爭吵可以說是她唯一還算有印象的怪事了，因為那是森淼唯一一次高聲對三木水說話，還只維持了不到一分鐘。

從以上種種事例裡就能看出，對方做了很多事情，針對的都是祁謙六歲之前為人所熟知的朋友，他後來的朋友格格就倖免於難。而從對方有些成功、有些失敗的事情裡能知道，當時對方還不成熟，計畫青澀，在真正的感情面前根本不堪一擊。哪怕是陳煜，最後也還是跟祁謙和好了。不過這一樁樁、一件件的傷害也確實存在過，雖然沒成功。

這究竟是有多大的仇恨啊？

除夕總覺得這種喪心病狂的報復手法很熟悉，於是他決定確認一下：「你會突然把這些串聯起來，是因為阿多尼斯告訴你的，對嗎？他預感到自己在計畫裡的結局是死，為了避免死亡，本該假意取信於你的他，真的告訴了你一切。」

雙胞胎的利己主義性格一直很鮮明，對他們來說，從來就不存在忠誠這一詞彙。

祁謙點點頭，「我們本來計畫好了，再過幾天等阿多尼斯藉著照顧母親的名義安頓好他弟弟阿波羅之後就假死，將計就計引出幕後真凶，但是沒想到……」

「沒想到阿多尼斯提前死了。」除夕了然，「我想我知道幕後凶手是誰了。」

除夕上一世也經歷過這樣類似的報復，套路都差不多，毀了他的名譽、讓他眾叛親離、把他逼到絕境之後再殺死他。可惜除夕當時沒有祁謙這麼幸運，真正選擇相信他的人很少，大多都被挑撥離間成功，而唯一始終都相信著他的人……裘安之死了，黑子為了保護他也死了，他是真正經歷了那種彷彿他在跟全世界鬥爭的孤獨的。

然後，除夕就重生了，睜開眼看到的第一個人就是少年祁謙，在他最無助、最絕望的時候給了他一個溫暖的擁抱。

「你知道了？」祁謙這次終於有點驚訝了，他有點不那麼相信的問除夕：「你確定你真的知道了？」

「聽意思，你也知道了？」除夕一愣，他突然想到了一種可能，祁謙其實早就知道真凶是誰了，沒有什麼引出真凶的計畫，他只是想瞞著自己解決掉那個人！就像他做的這樣。他們都怕真相會傷害了對方，因此都在小心翼翼的規避這個問題。

祁謙還在試探：「我知道那人是埃斯波西托家族的少主，能知道埃斯波西托家族全部的計畫，也能在被埃斯波西托家族控制的同時，積蓄自己的力量，稍微反抗一下，有著一些自我做主的能力。」

「他不會成功的，上一世直至他弄死我之前，他還是沒有擺脫控制。」除夕樂了，看來祁謙是真的知道對方是誰了。

「七夕。」

「維耶。」

祁謙和除夕一起報出了自己心中的那個答案，然後兩人同時沉默。

——臥槽，名字不同！這和說好的劇本怎麼不一樣？！在關鍵時候來這麼一齣，是要來搞笑的嗎？！真是一點緊張的氣氛都沒有了有木有！！

最後還是除夕反應快一點，補充道：「少主就是維耶，曾用名七夕。我隱藏了年齡，他隱瞞了性別。不過他的偽裝技巧真的很糟糕，總是在嘴邊不斷強調女孩子該怎麼樣、男孩子該怎麼樣，有心人一聽就能聽出問題，好比重生回來的我。你是擔心我和七夕關係好，如今他變成這個樣子我會傷心，才一直沒有告訴我的，對嗎？」

還有什麼會比自己曾經要好的小夥伴現在要殺死自己更傷人心的呢？

「不是，七夕沒有要殺死你，他一直都對我有敵意，他恨的是我。我不想你夾在我和七夕之間左右為難，才沒有告訴你的。還有，我怕你會因為我要殺了七夕而離開我。」

無論如何改變，祁謙始終是那個來自α星，將殺人當作合法且合理的搶奪手段的外星人。除夕是注定要陪著他一輩子的，他不會讓任何人、任何事妨礙他，但受到的地球教育又告訴他，這樣做是不對的、是錯的，所以他才會想著瞞住除夕。

「抱歉，我不該不考慮你的感受。」

如果除夕瞞著他要殺了他的朋友，祁謙覺得自己肯定也會很生氣。

「為什麼要道歉？他要害你、要殺你，你報復回去，這不是很正常的事情嗎？要是我因此責怪你，那我又成什麼人了？」除夕趕忙對祁謙道。他始終認為，指責別人的殘忍來彰顯自己所謂的「善良」，卻全然不顧別人為什麼要那麼做，這種人才是真正的殘忍。

殺人者恆被殺之，如是而已。

除夕繼續開口道：「你沒有錯，只是你應該告訴我這些，由我來替你做這件事，又或者請務必把這件事情交給我來完成。」

「我不想讓你為難。」除夕能這麼毫不猶豫的就站在他這邊，祁謙自然是很高興的，只不過……

「我真的沒有半分為難，相信我。還記得嗎？剛剛我跟你說的，我上一世就是被他害死的。要不然你以為我為什麼要走到哪裡都帶著他？不是因為關係好，而是我在預防他變成未來這個變態。在我的上一世，哪怕是在孤兒院的時候，我和他的關係也不算好。我這次重生回來，他還是個什麼都沒做過的孩子，我雖然生氣，卻也不可能遷怒在他身上，只得防備起來，結果還是失敗了。其實我都不知道這到底是件好事還是壞事，但我現在終於可以理所當然的報復他了。」

上一世，埃斯波西托家族帶走了七夕，為了隱藏七夕的身分，乾脆一把火燒了整個孤兒院，銷毀了孤兒們的資料，只有除夕因為救了祁避夏而倖免於難。

祁避夏為感激除夕的救命之恩，帶他到了ＬＶ市，供他上學、供他吃穿，除夕卻因為容貌而被齊雲軒認出身分，進而被裴安之親自接到身邊以唯一繼承人的身分教養長大、精心照顧，後來，忠心於裴卓的黑子也帶著兄弟效忠了身為裴卓兒子的除夕。

七夕卻過得並不好，他不是埃斯波西托家族唯一帶回去的私生子，在地獄一般的殘酷競爭裡，他成為了唯一活下來的少主，卻始終不過是長老團手上提線的木偶。

同樣一家孤兒院裡出來，同樣是組織頭目私生子的身分，除夕和七夕卻過著天壤之別的生活。

除夕一直記得在自己死之前，七夕用那張充滿了憤恨和嫉妒的扭曲面容道：「憑什麼，嗯？你集萬千寵愛於一身，我卻要像條狗似的活著。他們抓走我肯定是以為我就是你，他們要抓走的一定是你，不是我！你奪走了屬於我的人生！都是你，都是你，都是你！在孤兒院的大家被燒死的時候，你被祁避夏供養，在我受盡折磨的時候，你卻成為了裴安之唯一的繼承人！去死，去死，去死啊！」

七夕已經徹底被埃斯波西托家族扭曲了靈魂，他其實不是真的恨誰，只是需要一個突破口來集中發洩他的怒火。

同人不同命，正是個好理由。

這一世七夕恨祁謙，就變得更有理有據了。

「當年我們三人一起去救祁避夏，他在外面把風，卻還是被埃斯波西托帶回去，而我因為受傷進了治療艙進行改造，下落不明。只有你因為救了祁避夏而成為祁避夏的兒子，獲得了風光亮麗的人生。那本該屬於他，他肯定是這麼想的。」

「你很瞭解七夕的思考模式啊，不過有一點你猜錯了，七夕恨我的主要原因是他覺得我占了你的位置，他以為你才是祁避夏的兒子。記得當初你為我取名字的時候你說的話嗎？你把你的名字讓給了我。」這些還是阿多尼斯告訴祁謙的，維耶在陷入某種癲狂狀態的時候就愛解說，這大概是所有反派BOSS的通病，終身難以治好的頑疾。

「我怕的就是你這麼想，才一直沒有告訴你這些。相信我，無論你占不占我的位置，也無論是不是你活了下來，他都能找到理由『報復』某個人。命運總是很難改變的，他還是走上了那條路。」

上一世，除夕其實也曾動搖過、自責過，想著是不是因為他，孤兒院才會發生大火，七夕才會被抓走洗腦。當然，後來除夕想明白了，七夕才是這一切的源頭，他是真正的少主，不是拿來湊數的人，要不然他為什麼要在進入孤兒院的時候隱瞞身分？只是他一直假裝看不到這些，一味的把錯推到別人身上，加重仇恨。

埃斯波西托這個家族的血液裡大概就是流淌著瘋狂的因子，無論事情怎麼改變，七夕始終會扭曲他的靈魂。

「埃斯波西托家族才是源頭。」祁謙皺眉道。

「是的，他們才是。」除夕點點頭，如果沒有他們，也不會有狠辣的裴安之，自然也就沒有了變態的七夕，又或者是維耶，甚至是赫拉克勒斯和雙胞胎。

「神奇的孤兒院，兩代大老的孩子都在那裡。」祁謙又道。

「你也在那裡，這就是命運的神奇之處。如果我們分別在不同的地方，也就沒有現在這些事情了。」除夕隔著手機輕輕親吻了話筒，好像希望能藉此親到祁謙，他想說：謝謝你，幸好你也在那裡。

「如果最初沒有遇到你，我也不知道自己會變成什麼樣。」

每個人心中都有一頭獸，有人的獸小一點，有人的大一點，有人用結實的牢籠禁錮住那頭獸，有些人則放開了柵欄。

而祁謙，就是除夕心頭的那把鎖。

「我倒是知道，如果我沒有遇到你，我會變成什麼樣——」祁謙認真的說道：「我會毀滅地球。」

「是是是。」除夕笑了。

「我沒開玩笑！」祁謙皺眉，雖然如今他也不可避免的、很俗套的走上為了一個人而放棄了「毀滅地球」這個偉大的野望，但如果沒有那個人的話，他覺得他肯定會這麼做的，就算不會滅，也會嘗試著去征服。

「我很強的，地球人都弱爆了。」

外星人在地球的三大錯覺，祁謙真是一樣也沒落下。

「我當然相信你，親愛的。」除夕特別狗腿。

「……你明顯就是不相信我。不說了，快到我演講了，我要準備準備去前臺了。」祁謙屬於這屆畢業生的「驚喜」，沒有事先告訴多少人，雖然也有消息靈通的記者在，但還沒有特別誇張到一個地步。

「小心阿波羅。」黑子至今還沒有發訊息給除夕，就證明他還沒有搞定阿波羅。維耶殺死了哥哥阿多尼斯，卻留下了衝動的弟弟阿波羅，其用心可想而知。

◎◆◎◆◎◆◎

演講臺上，祁謙鎮定自若的說著他本就準備好的開場白：「大家好，我是祁謙，比你們高幾屆從這所學校畢業的校友。我猜你們這個時候肯定在想，我們學校有表演科系嗎？我可以直接回答你們，沒有。因為我是數學系的。」

「大學生畢業之後的工作大多都不是跟自己所學的一致，好比我。哪怕你讀到博士，也是有可能無法學以致用，還是比如我。」

「所以我想告訴你們的是，對未來不要擔心，無論你唸的科系是什麼，只要你願意，你總會有一個未來的。」

「很多人演講的時候都愛講一些大道理，好比我認識的一個導演就總愛跟我說『人生之所以痛苦，是因為我們老得太快，卻又成熟得太晚』。我不是說這句話不對，只是說了這句話有什麼用呢？我們明白很多道理，聽說無數格言，最後過不好這一生的依舊大有人在。」

「為什麼呢？因為心不同。」

「這些句子是別人的感悟，別人的體會，別人的人生。你聽過了，覺得很有道理，然後就沒有然後了。你還是該怎麼過就怎麼過，又或者也跟著矯情幾句。但別人矯情是因為人家有資本，餓不死自己，你們呢？」

「醒醒吧，不要上了別人的當，等你們有了資本的那天再矯情吧，那時候你們就可以去禍害別人了……」

就在祁謙說完這句的時候，禍害他的人來了。

大禮堂的側門被猛然推開，有一雙天空般湛藍眼眸的阿波羅出現在門口，徑直就朝著祁謙快速走了過來，所有人都被這一變故弄得有點懵，本想上前勸阻他的校方人員也被他一臉的悲戚表情震住了，活生生讓他幾乎是用跑的到了祁謙眼前。

然後他對祁謙伸出手……抱住了祁謙，哭得泣不成聲，在被放大音量的麥克風前說——

「阿謙，我哥哥死了……」

終於有學生認出了這是雙胞胎中的阿波羅，進而驚呼出聲道：「阿多尼斯死了？」

而祁謙之所以願意讓對方抱住他，是因為對方一直在顫抖的全身，也是因為他在他耳邊說的那一句：「救我！死的是我弟弟！」

等除夕趕到的時候，媒體已經蜂擁而至，祁謙和假扮成阿波羅的阿多尼斯很是艱難的才上了除夕的車。

「……這見鬼的是怎麼回事？你雖然和阿波羅長得一模一樣，但是眼睛和頭髮的顏色不一樣啊！」

「阿波羅其實不是真正的金髮碧眼。從遺傳學上來講，當淺色的DNA和深色的DNA重疊的時候，淺色會被深色覆蓋。我和阿波羅都是C國和A國的混血，阿波羅怎麼可能有什麼金髮碧眼，都會被黑色覆蓋……只是赫拉克勒斯為了弄出個噱頭，從小就要阿波羅染髮和戴隱形眼鏡而已。」

「而這救了你一命。」祁謙提醒道。

「但也同時害死了我弟弟！」

雙胞胎為了拍攝電影《光明紀元》，把頭髮都染成了如火焰一般的紅色，於是對於外界來說，唯一能區分他們的只有他們的眼睛，而阿波羅在家的時候是從來都不戴隱形眼鏡的，被媒體照到的時候就冒充自己是阿多尼斯。

「我在發現阿波羅死了之後，就猜到了他們的目的，於是我戴上他的隱形眼鏡，穿上他平時風格的衣服來找你了，希望我們當初的約定還能生效。」

「為什麼不按照他們的劇本繼續演，變成真正衝動的阿波羅指責我殺了你兄弟呢？這樣你就不會死了，頂著阿波羅的身分很好的活下去。」

「維耶既然能殺了阿多尼斯，誰知道當阿波羅沒用的時候會不會也殺了他。」除夕是這樣揣測的，他對雙胞胎一向不是很有好感。

「我只想那個殺了我弟弟的人要為此付出代價！」阿多尼斯憤怒的看向除夕，「你又懂什麼？」

「如果殺死那個人需要利用到你，而且你很有可能會死，你也願意？」

「我願意！」阿多尼斯毫不猶豫道，從他雖然假扮了阿波羅，卻沒有按照維耶希望的那麼做，而是冒著危險來讓祁謙有所警惕時，他就已經做好了赴死的準備。

祁謙原本以為除夕對阿多尼斯說要利用他引出維耶，是為了詐唬阿多尼斯，測試一下他說的「哪怕是死也要為弟弟報仇」的話是不是真的，但祁謙沒想到……除夕是真心的，他是真的想要讓阿多尼斯去冒險引出維耶，這麼做的話真的很有可能會死。

而一心為弟弟報仇的阿多尼斯也很認真，他要弄死維耶，賭上自己的性命也要成功。

於是兩個不同的人為了一個弄死維耶的共同目標而走到了一起，這讓祁謙有一種自己很多餘的既視感。他不喜歡這樣，於是他開始學著祁避夏那樣怒刷存在感。

「那你母親怎麼辦？」他對阿多尼斯問道。

阿多尼斯堅定的看向祁謙，口還沒張，就已經被除夕出聲打斷：「想都別想，祁謙沒有那個義務，我也絕對不會讓他答應接下這個累贅。」

雖然說除夕和阿多尼斯暫時是站在了同一陣線上，但各自的小心思也不少。

「如果我死了，我會把我和阿波羅的錢全都留給你，只要你能照顧我們的媽媽。」阿多尼斯還是對祁謙開了這個口，「我知道你不缺錢，但是如果一定要我選擇一個人相信，我只相信你。」

「你！」除夕怒視著阿多尼斯，「這就是你的誠意嗎？合作還沒有開始就自作主張！」

「難道這就是你的誠意了？如果沒有人照顧好我母親，你讓我怎麼安心去死？」阿多尼斯現在的親人就只剩下他已經瘋了的母親。

兩人劍拔弩張的氣氛讓祁謙頭疼的同時，也讓他莫名的安心起來，看來除夕還是和他關係最好。

「我不會幫你的。」沒等除夕和阿多尼斯再說什麼，祁謙已經開口了，「你的母親是你的責任，我不會幫別人承擔責任。你說對了，我不缺錢，我也不缺少信任。你想自己的母親過得好，那你就要努力活下來，親自照顧她；如果你死了，我一定會虐待她給你看的，我是認真的。」

阿多尼斯一震，又慢慢像是想通了什麼，眼神慢慢變得堅定起來，只是嘴上還是彆扭的對祁謙說著：「你這人怎麼這樣。」

「抱著考滿分的心態去考試未必能拿到滿分，但抱著只要及格的心態就肯定不及格！」祁謙用幫蛋糕和福爾斯補課時的話，對阿多尼斯認真道：「如果你抱著必死的決心想要去和維耶同歸於盡，那你也肯定會死。」

「抱著一定要活著完成任務的心態也未必能活啊！」阿多尼斯其實已經想明白了，卻還是忍不住要對祁謙嗆聲。

「但也未必會死。」祁謙依舊認認真真的回答阿多尼斯。

阿多尼斯看著眼前的黑髮少年，想著，祁謙大概就是這麼一個人吧，自己認真，對別人也認真，說話很不客氣，從來不留餘地，但卻也不會說一套做一套。以前很不喜歡這樣的祁謙，覺得他太打擊人，現在才明白這份沒有惡意的真話有多麼難能可貴。

「謝謝。」

祁謙莫名其妙的看著阿多尼斯，不知道他為什麼要對自己道謝，他剛剛有幫他什麼嗎？

◎◆◎◆◎◆◎

那之後，祁謙就沒見過阿多尼斯，也不知道他去做了什麼。當然，他也不甚關心。他只在意除夕。

「真的不需要我幫忙嗎？」

「說實話，你只會越幫越忙，鑑於我們倆前不久才發生的誤會。」除夕對祁謙道。他必須承認，在這件事情上，他們倆只出一個人的效果會比兩個人的事倍功半要好，「你現在應該把關注的焦點放在《毀滅地球》的首映會上，當然，你也可以關心一下蛋糕的高中考試，和福爾斯的期末考。」

他們一起奮戰春季之前的考試好像還在昨天，現在蛋糕卻已經要邁上考高中的考場了。

「老天，請賜給我一個讓世界都為之顫抖的成績吧！」就在大考的前一天，蛋糕是站在自家陽臺上，張開雙臂，對著藍天如是高聲大喊道。

「女兒啊，好歹也十五、六歲了，該開始注意淑女形象了。」三木水是這麼跟他的寶貝女兒說的。

「但祁謙哥哥也經常這樣啊！好比坐電梯的時候，趁著沒有外人，伸出一隻手，對即將打開的電梯門說一聲『開』；又或者站在白冬伯伯位於大廈頂樓的辦公室裡，從落地窗前俯瞰下面，說什麼『愚蠢的地球人』之類的。我覺得他的中二病比我嚴重多了。」

「妳也說了，祁謙那是中二，妳這是出門忘記吃藥了丫頭。」

「……」

福爾斯不用大考，但在祁謙看來，他出門忘記吃藥的情況明顯比蛋糕要嚴重。

四月底《一家人》的節目錄製完成之後，福爾斯在五月初和他母親進行了一次深談，自那以後祁謙就覺得福爾斯變了，倒是沒有什麼敵意的轉變，就是……很微妙，欲言又止，眼神閃躲。

祁謙差點都要開始懷疑是不是自己真的夢遊去破壞了米蘭達和蘇蹴之間的感情。

「有話直說。」在被福爾斯看得發毛了無數次之後，祁謙終於忍無可忍。

「你和費爾南多關係挺好的，是吧？」福爾斯不安的左右擺弄著自己的賽格威，來來回回在原地轉圈玩。

「是啊，怎麼了？」祁謙奇怪的看著福爾斯，不是在說他的父母嘛，怎麼又扯上了費爾南多。

「那你有沒有覺得他哪裡怪怪的？」福爾斯趕忙解釋：「就是好比……呃，怎麼形容呢……不怎麼親近女性，整天只跟同性待在一起。」

「他是職業球員，男子足球隊，你覺得他整天都該和什麼性別的人在一起？」除了足球寶貝，足球俱樂部從裡到外哪怕是整理草坪的工作人員都鮮少有女人吧？「你有話就直說，要不我就不只不覺得費爾南多怪怪的，還會覺得你萌萌噠。」

「誒？你真的這麼覺得嗎？討厭啦！雖然你喜歡我，我也喜歡你，但我是不會對朋友下手的，我是有個有原則、有節操的人，比起當了情侶之後再分手，我更想和你當一輩子的小夥伴！」>///<

——你在腦補什麼。

祁謙真心挺受不了一個周身上下散發著粉紅桃心的胖子，還扭啊扭的，真不怕從賽格威上掉下來……啊，果然掉下來了呢。

祁謙幾步上前，蹲下，不是為了扶起福爾斯，而是為了給他看手機螢幕上搜尋出來的最近網路熱門流行語——「今天我沒吃藥，感覺自己萌萌噠。」

祁謙道：「逆推懂嗎？我感覺你萌萌噠的言下之意就是……」

「我沒吃藥。」福爾斯被一步步引導，主動承認了。

說完福爾斯就後悔了，趕忙否認：「不對！我吃藥了！」好像還是不太對的樣子，他再次否認：「也不對！我根本沒病！」

祁謙摸了摸福爾斯的頭，一切盡在不言中。

福爾斯艱難的從地上爬起，怒視祁謙，「還能不能愉快的做朋友了？！」

於是祁謙安慰道：「這其實沒什麼，刷朋友圈你就會發現，你身邊還有很多跟你一樣萌萌噠的人，而你們每天的活動不過就是計較誰更萌萌噠一點而已。」

「兒子你們在說什麼？」好久沒刷存在感的祁避夏，總覺得他快要從他兒子的生命裡退出去了。兒子現在還沒有搬出去和除夕過二人世界呢，就已經有了如此的危機感，祁避夏表示他已經可以想像到自己日後的淒涼晚年了。

為此，祁避夏一直都特別想送給除夕一首歌——只願你過的沒我好，死的比我早，吃不好也睡不好，還特別的顯老。

「我們在說朋友圈裡誰最萌萌噠。」福爾斯特別險惡用心的搶先回答道。衡量你是否真正融入了一個人的圈子，最好的辦法就是試一下在對方的朋友圈裡你能看到多少留言和按讚數。而福爾斯和祁謙的交集基本上就是蛋糕、米蘭達、蘇蹴和祁避夏。

祁避夏充滿希冀的看著祁謙，眼睛忽閃忽閃的。

祁謙嘴角微微一扯，最終還是無奈的讓祁避夏如願以償：「希望你別後悔，我覺得你最萌萌噠。」

「哈哈，哪有～」祁避夏很嬌羞，「兒子你也萌萌噠。」

祁謙的臉綠了。

福爾斯一邊在心裡笑著捶地，一邊想著他大概短時間內是沒有辦法再直視「萌萌噠」這個詞了，就像是他早已經沒辦法直視「呵呵」、「哦」還有「嗯」。

等祁避夏走了之後，福爾斯和祁謙就默契的都沒有再提起「萌萌噠」這個詞。轉回了一開始的話題上，福爾斯小心翼翼的問祁謙：「我有個朋友……算了，我在騙誰，我問你啊，我是說假如，假如費爾南多喜歡你爸爸，你會怎麼想？」

「喜歡？他本來就喜歡我爸爸啊。」作為祁避夏唯二的好基友，費爾南多要是忽然不喜歡祁避夏，祁謙都不會答應的。

「你也知道費爾南多是個同性戀了?!不對，他現在的目標真的是你爸爸?!」總覺得訊息量很大的樣子，祁謙道：「以前不知道，但現在知道了。」

「……你套我話?!」福爾斯一臉被利用之後的悲傷欲絕。

「明明是你自己說的！」祁謙不屑的看了一眼蠢到吃藥都沒有救的福爾斯，「你還需要我套話？一句話就暴露了那麼多資訊。」

「我暴露什麼了?!除了費爾南多是個同性戀！」

「你爸媽離婚是因為你媽媽覺得費爾南多和你爸爸在一起了。」祁謙淡定道。從福爾斯見了他媽媽之後的反差，還有那句「他現在的目標是你爸爸？」就能讓人明白很多問題了。

「……」所以說這就是為什麼不能和高智商的人做朋友！不僅會顯得自己很蠢，還一個不注意就會暴露自己的秘密。於是，福爾斯索性就把他知道的都和盤托出了：「當年世界盃之後，我爸爸不就退役進了俱樂部的教練組嘛，後來費爾南多轉會到我爸爸的俱樂部，我媽媽說，從那個時候起我爸爸就變了，然後她發現了我爸爸喜歡費爾南多，就離婚了。」

「不可能，你爸爸要是喜歡男人，怎麼會和你媽媽生了你們兄妹七個？」祁謙一直覺得蘇蹴筆直筆直的，哪怕是祁避夏彎了，蘇蹴都不可能彎，最主要的是離婚這些年，也沒見蘇蹴喜歡什麼男人。

「是啊，我也是這麼想的。但我媽媽很篤定，她說後來離婚的時候爸爸也承認了。她還說她覺得爸爸以前肯定是沒有意識到自己的性取向，畢竟足球界對這種事的寬容度不高。而爸爸也沒有遇到什麼喜歡的同性，直至費爾南多出現。性向的事情無法勉強，爸爸也沒辦法改變，媽媽覺得與其拖著彼此都痛苦，不如乾脆的分開，做不成夫妻還能當姐妹嘛。」

「你媽的腦洞開得好大。」這是祁謙聽後的第一反應，緊接著他就突然有了個很不可靠的猜測，這快十年的折騰不會根本就是誤會吧？那樂子可就大了。雖然還是不能肯定這事是不是和維耶有關係，「總之我覺得這裡面肯定有問題。」

「你也覺得這不對勁吧？所以我跟你說……肯定是費爾南多勾引了我爸爸！」

「！！！」不對，這個走向就更奇怪了好嗎？！

◎◆◎◆◎◆◎

解決誤會最好的辦法自然就是找當事人直接問，簡單粗暴，卻足夠有效。

每年五月底的時候，C國的頂級聯賽就會全部結束，讓球員們開始進入為期三個月的夏歇季，跟學生放暑假差不多。

而像費爾南多這種級別的世界球星，夏天卻往往意味著鋪天蓋地的廣告拍攝，根本沒什麼真正的假期。費爾南多已經有好幾年都沒辦法回B洲了，今年他的經紀人為了補償他，專門幫他空出了回B洲探親的時間，但也不知道費爾南多是怎麼想的，他反而把這個短暫的假期都耗在了到LV市和祁避夏消磨時光，浪費生命。

不過，這正好方便了祁謙找他。

在電話裡約定好見面時間，祁謙就動身前往祁避夏的一處私宅。祁避夏把房子暫時借給了費爾南多。

費爾南多放下電話，忐忑不安的抬頭看向客廳角落裡擺放的立式自鳴鐘，整個世界在那一刻好像就只剩下了錶盤秒針走動的聲音，還有如雷的心跳。剛剛在電話裡祁謙也沒有說為什麼突然要見他，只是說有點事情要面談，這讓一直都對祁謙的老爹祁避夏有那麼點小心思的費爾南多不得不胡思亂想起來：祁謙不會是知道了什麼吧？他是支持呢？還是反對？

等祁謙到了的時候，費爾南多已經腦補到了祁謙一見面就會給他一張空白支票，之後很酷帥狂霸跩的對他說：「離開我父親，價錢隨你填。」

而在此之後一般都會有的分分合合、虐戀情深到能演上一百來集的狗血劇情，費爾南多就已經沒空想了。

祁謙進屋後，直接坐到費爾南多對面的沙發上，開門見山道：「你是不是同性戀？」

費爾南多本是想用喝水來掩飾自己的不安，現在那水卻都貢獻到對面的沙發背上，祁謙則以正常人絕對不可能有的靈活速度躲了過去。

「抱歉。以及你的速度好快。」

「謝謝。」祁謙時刻關注著費爾南多，生怕自己在躲過一劫之後會馬失前蹄。

「你的熊呢？」祁謙從小抱到大的熊一直讓人印象深刻，雖然說長大後他上節目的時候已經不會再抱著了，但私下裡還是寸步不離。現在乍然見到沒有熊的祁謙，總讓費爾南多腦補，這個祁謙不會是冒名頂替的吧？

「我已經長大了。」祁謙簡單的解釋道。

在除夕從治療艙出來之後，祁謙就沒再去關注過他的駕駛艙了，不是被除夕收起來了，就是被祁避夏放到櫃子裡了，反正已經沒用了，他早就放棄用那個玩意回到α星的不切實際的想法了。

「不要試圖轉移話題。你是同性戀嗎？」祁謙再問道。

費爾南多暗忖道：明明祁避夏說過只要轉移話題就能對付祁謙的，怎麼這招換我用就不管用了呢？！天要亡我！

抿了抿乾燥的唇瓣，費爾南多不死心的繼續負隅頑抗道：「為什麼會突然這麼問？」

祁謙沒有再開口，只是沉默的看著費爾南多。

這是祁謙最近才學會的一招，當你問了別人一個問題，而對方想要轉移話題時，不要著急，沉默下來，保持和對方的眼神接觸，不出一會兒，大部分人就都會因為心中的那份不安而對你說實話了。

果不其然，費爾南多的喉結滑動了一下，閉眼認命，長嘆一聲：「是的，我是。」

這次輪到祁謙震驚了：「=口=真的？那你喜歡……」

「是的，我是。」費爾南多用一模一樣的話回答了祁謙，也打斷了祁謙的話。已經說到這一步，他也豁出去了，他以為祁謙已經知道了他喜歡祁避夏的事情，「對不起，我知道這樣很不應該，他以前喜歡女人，還有孩子，但我就是控制不住。你指責我什麼我都認了。」

「……他現在是單身，你們為什麼不在一起？」祁謙道。

「因為我不知道他喜歡不喜歡我，我還沒有跟他告白啊！我很害怕他拒絕我……你覺得他喜歡我嗎？」費爾南多沒想到祁謙竟然對這件事情接受度這麼高，突然就信心倍增了。

「不可能！他怎麼可能不知道你喜歡他！他都為你離婚了！」

「離婚？！祁避夏結過婚？！」費爾南多一直以為祁避夏是未婚生了祁謙的。

「祁避夏？！」

「……」

兩人同時詭異的沉默下來，再怎麼天然蠢，祁謙和費爾南多也發現他們大概是說岔了。

「你以為我說的是誰？」費爾南多很機智的想要轉移話題。

「你先跟我說清楚祁避夏是怎麼回事？！你喜歡祁……我是說你喜歡我爸爸？」祁謙覺得最近他知道的事太多了。

「但他不一定喜歡我，我沒有告白，怕給他、也是怕給你造成困擾。」好比此時此刻。

「哦。」祁謙這才滿意的點了點頭，原來是這樣，搞清楚始末，他也就不打算管這件事情了。他是說，現在只是費爾南多個人的想法，他總不能命令費爾南多不許喜歡祁避夏吧？哪怕是祁避夏也喜歡費爾南多呢，祁謙也不覺得他有那個權力橫加干涉。

「完了？」費爾南多反而有點不敢置信，這樣就輕鬆搞定了？

祁謙不明所以的看向費爾南多，「不然你還要怎樣？我應該說些別的什麼嗎？對了，如果祁避夏不喜歡你，你不許為難他。」

費爾南多苦笑，「我知道。」

「如果他也喜歡你……我會祝福你們！」祁謙把他的話終於說完了。

受到白家全家都對祁避夏婚事的熱衷的影響，祁謙也覺得祁避夏是該定下來和某個人共度一生了，而費爾南多又知根知底，一旦接受了這個設定感覺還挺不錯的。

「謝謝，謝謝，我一定……」費爾南多沒想到幸福能來得這麼快，都有點語無倫次了。

「又不是我答應和你交往，你激動什麼？得我爸爸同意才行。」祁謙提醒費爾南多道。為什麼費爾南多表現的好像搞定他比搞定他爸爸還要讓他覺得激動？這個男人到底明不明白主次之分啊？不過蠢一點也好，太精了祁避夏肯定要吃虧的。

費爾南多則在心裡默默的想著：就是因為太明白了，我才會喜極而泣的啊！誰不知道搞定你，基本上就等於搞定了你爸爸。要是你不同意，搞定祁避夏多少次都沒用。

在解決了自己戀愛大事中最重要的一環之後，費爾南多再一次問起了祁謙：「你剛剛說的是誰？」

「蘇𨂃，福爾斯的爸爸，也不知道你還有沒有印象。」

費爾南多臉色一僵，對於蘇𨂃他何止是有印象，簡直是印象深刻到終身難忘好嗎？他當初會轉會到S市的主要原因就是因為蘇𨂃。

「我發現他喜歡我。為了不破壞他的家庭，我就落荒而逃了。也是從那件事情裡我才知道，這個世界上真的存在同性戀。」

「！！！」

「不可能！」

在祁謙把費爾南多的話轉述給福爾斯之後，福爾斯堅決的表示了不信。

「去問問你爸爸不就什麼都清楚了？」祁謙一直想不明白為什麼很多簡單的事情，大家卻都愛繞圈子，最後鬧得特別複雜，特別沒有辦法收場。

「我不敢。」福爾斯立刻就慫了。

「那就算了。」祁謙聳肩，他的好奇心不重，不知道也就不知道了。

「別啊……QAQ」福爾斯膽子不大，好奇心卻很重，而且他心裡其實也一直在希望著這一切都是個誤會，最後父母握手言和，happy ending，「要不你去問唄？」

「我不管。」祁謙一直謹記著除夕當年的勸告，隨便摻合進別人的感情裡，一般都不會有什麼好結果，「我已經替你問過費爾南多了，接下來就是你的事情了，你要是男人就自己去問，要是你也覺得你父母的現狀挺好，那就當作什麼都不知道好了。」

「該死！」福爾斯最終把心一橫，趁著自己的衝勁還沒過去，就直接去找他父親。

「之後呢？」大考考完無事一身輕的蛋糕眼巴巴等著祁謙講福爾斯爸媽的八卦，「我保證不告訴別人，祁謙哥哥。」

「好吧，我只告訴妳，妳不能告訴別人，最起碼不能讓福爾斯知道是我告訴妳的。」祁謙總是對蛋糕這個妹妹沒轍，雖然明知道一旦他把這件事情告訴蛋糕，她再保證不會告訴別人也根本不可能，但還是敗給了對方的眼神。

於是，後來差不多他們那個圈子裡玩的人就都知道了蘇氏夫妻搞出來的烏龍，米蘭達以為蘇蹴是個同性戀，忍痛割愛，放自己的丈夫幸福；而蘇球王，則以為米蘭達真的準備另尋高枝，覺得自己已經沒有了幫助妻子發展事業的能力。簡單來說就是一個關於說話說岔了的大悲劇——彼此都想對對方好，卻反而誤會了彼此。

米蘭達覺得蘇蹴怪怪的時候，正是蘇蹴剛轉型當教練，他對家裡說的是他進了教練組，但其實是助理教練的助理教練，一個月賺的薪水還不夠她女兒買身衣服。為了瞞著這件事，他自然前後會有些反常。

當初米蘭達懷著成全丈夫的想法對蘇蹴說：「我們離婚吧，我都知道了。」

蘇蹴就以為米蘭達是知道他工作的問題了，只能頹廢的點點頭說道：「是我對不起妳，給不了妳想要的生活。」

「不，是我，我不該……希望你能幸福。」米蘭達雖然已經說服了自己要放手，但多少還是有些不知道該怎麼向丈夫開口關於同性戀的事情，於是只能含糊帶過，但她覺得蘇跋是知道她都知道了的，要不他為什麼要跟她說對不起。

「也希望妳能幸福。」

婚就這樣糊裡糊塗的離了，兩個人都很受傷，不敢見對方。米蘭達不是沒懷疑是不是自己誤會了什麼，但是費爾南多的突然轉會，讓她堅定了自己的想法，而為了不讓蘇跋覺得難堪，她便什麼都沒說。哪怕是被外界誤會，她也覺得這就是她的愛情，成全了她的愛人。

能生出福爾斯這種兒子的夫妻，其傻蛋的程度肯定也是輸不到哪裡去的。誤會解開後，蘇跋和米蘭達甚至有長達一個月之久不知道該和對方說什麼。最終他們決定一起不再提起這件事情，就當它從來不存在過。

蘇跋沒敢問起米蘭達為什麼會覺得他像是同性戀，米蘭達也決定不去問蘇跋為什麼會覺得她僅僅會因為他的工作問題就離開他。他們好不容易才又重新在一起，有些問題真的不能追究的太細，否則就太傷感情了。

其實吧……他們要是深究一下就會發現，不是他們不夠愛對方、相信對方，而是真的是被有心人誤導了。

而這個有心人，就是除夕和阿多尼斯正在準備釣出來的維耶。

×月○日　第十九篇日記

裴安之的「葬禮」

祁謙此時正站在被圍了一圈立式鏡的試衣臺上，試穿著自己訂製的四套新禮服。由ＬＶ市著名的設計師及其團隊，為祁謙一人量身打造，純手工製作，採用了時下最流行的款式和面料。

如今這已經是第三次試穿了，設計師會根據祁謙的身材和實際穿在身上的效果，再進行最後一次微調。

作為來自只講究衣服實用性的戰鬥星球，祁謙真的是很難欣賞身上這件根本活動不開手腳的晚禮服。最讓他理解不了的是：「我只有三個活動要出席，為什麼要做四套？」

「三個活動？！不是兩個嗎？！」陪在一邊的祁避夏立刻陷入某種奇怪的恐慌裡，「怎麼辦，衣服不夠！」

「不夠？我還嫌多呢。」祁謙一邊扯著自己的袖口，一邊道。他不怎麼喜歡別人近身，卻不得不忍耐。

「除了裴安之的葬禮和《毀滅地球》的首映會，還有什麼？」祁避夏死活想不起來祁謙最近還接了什麼大型活動。一般的通告節目並不需要特殊的訂製禮服，米蘭達的 M&S 足夠應付，也比較合適，祁謙目前還是她家的代言人呢。

「米蘭達阿姨和蘇叔叔的重婚典禮。」祁謙為祁避夏提醒道，「雖然他們倆目前還因為尷尬他們鬧出的烏龍而不搭話，但福爾斯告訴我重婚勢在必行，婚禮肯定要有，他十歲的妹妹賽文翹首以盼的想當花童。」

「那就必須要準備兩套了，我也要再準備兩套。」祁避夏快速的計算起來，他曾讓數學老師哭泣的成績，在這種時候難得不那麼糟糕了，「嗯，我算了一下時間，趕得及，謙寶你別擔心。」

「我不擔心。」祁謙被迫抬高脖子，設計師在為他搭配方巾。

「不不不，紫色太基佬，也太老氣，就不應該配方巾。」祁避夏一下子就被轉移了注意力，指揮設計師道。

再著名的設計師，在祁避夏這類人面前也會變得沒脾氣，只能任其隨意差遣，因為祁避夏的性格對外也一直是比較霸道的風格。

「也不要領帶或者領結，謙寶要出席的是首映會，沒那麼多要求，襯衫隨意的敞開感覺也不錯。」

祁謙隨著他們不斷擺弄，不耐煩極了，「我只有三個活動，你卻要準備六套衣服，要這麼多幹嘛，吃嗎？」錢什麼的祁謙肯定是不在乎的，他在乎的只有他能不能早點結束這樣被迫當洋娃娃的活動。

「要備用，親愛的，每次不都是這樣嗎？好了，別抱怨了。一個好的演員永遠要有一套備選的衣服，懂？誰知道會有什麼意外發生，到時候你就知道備選衣服的好處了。」

事實上，這是世家不成文的規定，舉辦活動的時候大家一般都會準備兩套到三套備用，以防萬一。

祁避夏把這套行事準則用在了演藝圈，同樣很有用——在居心叵測的人以為能把他整得很狼狽的時候，他可以迅速換一套，吊打對方的臉；又或者是在所有人都很狼狽的時候，他依舊能保持光鮮亮麗的形象。

雖然祁謙至今還沒有在正式的場合出過事，但那並不能保證以後也不會出事。

「我知道要多備一套衣服的重要性，我只是不知道為什麼要每一個活動都備上一件多餘的。如果這次的活動沒用上，下次活動還能沿用的話，那下次活動的備選衣服就會顯得很多餘了。」

「你出席的場合不一樣，衣服怎麼能一樣？好比裴安之的葬禮，需要穿傳統的黑西裝，白襯衫，打黑領帶，在扣眼上插白色的百合花。你要是穿搭配成這樣的衣服去參加首映會，先不說晦氣不晦氣，只說這樣會讓你顯得過於老氣就不可取。你才十六歲，在公眾面前要活潑開朗，就算你不愛穿太鮮亮的顏色，也總不能太深沉了吧？」

「那婚禮呢？婚禮就完全可以用首映會的這兩套衣服嘛。」

「首映會是晚禮服，婚禮是日禮服，這能一樣嗎？我的祖宗。」

「……」祁謙覺得他有理由相信，地球至今還這麼落後，地球人還是這麼弱，完全就是因為他們把過多的精力都浪費在奇怪的地方，「等我的身體停止發育之後，我就一次準備個成千上百套，省得這麼麻煩。」

這一次所有人都笑了，站在一旁沉默的設計師難得開了一次口：「殿下可真可愛。」

祁謙莫名其妙的，他很認真啊，為什麼所有人都覺得他在開玩笑？

「不同的年份，不同的季度，款式和面料還有搭配方式都會不同，寶貝，連袖口的顏色和質地都有區別，你要怎麼未卜先知的一次性搞定啊？」還是祁避夏瞭解自己的兒子，耐心的解釋道，「好啦，不許嫌麻煩，給我乖乖試衣服，別人羨慕都羨慕不來的事情，你倒反而躲不及。」

「羨慕？」祁謙指了指自己，「羨慕什麼？」

「不是所有明星的衣服穿過一遍之後都會保留下來的，哪怕每次不同的大型活動，明星都不可能穿同一件禮服，會被人笑話的。所以他們一般都會把穿過一次的衣服再返還給設計師，設計師會把這些僅穿過一次的衣服賣個好價錢。有大把的人願意穿上某某明星出席過什麼什麼活動的衣服。」設計師的小助理對祁謙解惑道，「而殿下您的衣服，從小到大都保留的很完整。」

事實上，此時此刻他們所有人都站在祁謙的衣櫃裡——這是一間比客廳還要大，甚至有個小樓中樓的超級衣櫃。小助理感覺他在這裡好像看到了祁謙的整個成長史。

祁避夏一直都很注意保存這些祁謙成長的印跡，並很有成就感。

祁謙想著，可能祁避夏自己的東西都沒有這麼齊全。看著對方傻乎乎的笑臉，祁謙再一次敵不過祁避夏，又無奈的答應多做了兩套衣服。

◎◆◎◆◎◆◎

在六月中旬前的一個早晨，祁謙穿著那身剪裁得體的黑西裝，與祁避夏和除夕一起，驅車前往了教堂，出席裴安之的葬禮。

裴安之的葬禮很西式化，祁謙也是這個時候才知道，裴安之這傢伙還是個光明教教徒。

光明教是祁謙所在世界的三大宗教之一，信仰光明女神，教內的權力集中在每一代的聖子或者聖女手上，又或者大祭司，主要矛盾一般都會發生在這兩個職位的所有人身上。對於光明教，祁謙瞭解的不是很多，只覺得名字特別像是奇幻文裡的大反派。不過網路上那句話怎麼說的來著？

最大的黑社會就是教會。黑手黨，就起源於教會的權力爭奪。

教會和普通黑社會的區別，不過是普通黑社會說我們老大想和你談談只能算是恐嚇，而教會說我們老大想和你談談……那就是死亡通知了。

當然，只是想想，全無不尊敬之意，非禮勿怪。

光明教的葬禮儀式其實也沒比C國的傳統葬禮簡單到哪裡去，甚至是更加繁瑣和麻煩。葬禮的第一步就是人在將死之前找來神父懺悔自己一生的罪孽，神父會站在將死之人的床頭進行臨終關懷，替光明女神寬恕死者。

裴安之算是「橫死」，雖然他其實沒死，但懺悔的這第一步還是做得有模有樣，由白秋代替。在裴安之葬禮的前一天晚上，白秋親自前往LV市最大的教堂，由教會十二位紅衣大主教之一親自寬恕了裴安之的罪孽。

祁謙覺得，就裴安之生前的那些罪孽，哪怕是這一任的聖子出馬都沒用。

之後第二步就是洗屍，和第一步的臨終懺悔是搭配服務，由神父替死者洗去一身罪孽，好輕輕鬆鬆、乾乾淨淨的去見光明女神。

裴安之在別人的理解裡是直接掉入大海裡死無全屍的，換句話說就是再沒有比他更乾淨的死者了。這一步紅衣大主教也就象徵性的在裴安之即將下葬的衣服上，十分敷衍的灑了幾滴聖水，之後的什麼換衣啊、整理儀容等過程都一併省略了。

第二天，大家齊聚教堂，由紅衣大主教主持追悼會，聽他簡述裴安之命運多舛的一生，並為之禱告祈福。下面的親屬，不管信不信的，都需要閉眼一起安靜的聆聽。

等紅衣大主教禱告完，就是家屬代表上前回憶他所認識的裴安之。

裴安之的親戚不算多，白秋、裴越、除夕，只有他們三人，所以就都上去講了幾句。裴安之的妻子早已去世了。而祁謙則以裴安之朋友的身分上去講了幾句。之後還有裴安之組織裡的幾位高層人員，以及其他組織的大老。整個追悼會開得就跟黑社會聚會似的，祁謙幾乎把全球最著名的幾大勢力的大老都見了個遍，足可見裴安之的面子之大。

祁謙總忍不住想，這個時候要是有警察來，把這些大老一鍋端了，那樂子就大了。

不過，這大概只能存在於祁謙的腦補裡了。先不說祁謙在追悼會上看到幾個眼熟的警界大老，哪怕是沒有他們，警察也沒辦法在沒有證據的情況下隨便抓人，特別還是在裴安之的葬禮上。

等大家都講完了，就是到場的人一一上前來進行遺體告別了。

雖然沒有真正的遺體，大家也可以對著衣冠塚道別，有不少人都是演技派，對著衣服都能哭得好像死了親爹。

家屬最先上前告別，之後就會站在旁邊，開始對到場的嘉賓一一進行感謝。祁謙和祁避夏也跟著除夕站在了家屬的行列，對每一個和自己親切握手的人表示謝謝。

那天到底來了多少人祁謙沒算過，他只知道來的人都很大方，在遺體告別結束之後，一一送上了用黑色信封包裹的禮金。只這一次追悼會，裴安之就可以買個島了。

在教堂裡的活動結束之後，有一些人就先一步離開了。當然，大部分的人則留了下來，看著整個組織裡有頭有臉的人物前呼後擁的親自抬棺，將裴安之的衣冠塚放到了教堂後面的墓地裡。這是裴安之早就為自己選擇好的墓地，沒有什麼華麗的裝飾，也沒有貴到要死的墓碑，只有簡簡單單與旁邊的墳墓別無二致的十字架，上面有一句墓誌銘——

「這只是個開始。」

總讓人有一種鬼片開場白的錯覺。

下葬時，大主教再次為裴安之唸悼詞，年齡最小的除夕填了第一捧土，全場所有人再次開始低聲哭泣。據說這是裴安之希望的。

好吧，他的原話是：「誰要是敢在我葬禮上大聲哭，吵了我的輪迴路……做鬼也不放過你喲～（笑）」

隨土還埋入了一些花瓣，讓祁謙總覺得裴安之這個人真是特別的悶騷。最後，祁謙為新建成的墳墓放上了一束彷彿還有朝露滴水的白百合。

之後大家就都各回各家，各找各媽了？

錯！

怎麼可能。

所有人忍耐了這麼久，期待了這麼久的好戲終於來了——在大主教和眾多親朋、下屬、過去的競爭對手都懷揣著激動心情的見證下，裴安之生前的律師團要開始唸遺囑了。

律師團的代表，是一個祁謙總覺得對方肯定是知道裴安之還活著的人，自始至終他都表現得很冷靜，甚至是帶著點審視玩味的眼神看著在場的人。

眾所周知的，一般唸遺囑的環節，都愛演變成一個「疑竇叢生，多年矛盾集中爆發，各種『你不是你爸爸的兒子，我才是』的狗血層出不窮，哪怕是名偵探柯南、福爾摩斯附體也很難斷清楚真相」的神奇時段。

裴安之作為一個腥風血雨的業內大咖，他葬禮之後的唸遺囑環節自然也是不能免俗的。葬禮開始之前，祁謙在除夕的提醒下，就已經做好了一大波狗血即將逼近的心理準備，如果不是吃爆米花會顯得太不莊重，他一定會這麼做的。而祁謙有理由相信，即便正在詐死階段，但總會有辦法圍觀葬禮全程的裴安之肯定正在吃爆米花，目睹這場奪位大戰。

由於裴安之的特殊身分，在場的來賓最關注的不會是他的遺產，只能是他死後組織的繼承人是誰。

本來應該是「子承父業」的，奈何排名第一的順位繼承人——裴安之能服眾的大兒子裴卓，早在二十年前就掛了。

身為第二繼承人的小兒子裴越，又是個不爭氣的，還是個死基佬，裴安之已經對他放棄了治療，這是大家這些年有目共睹的。特別是在近十年，以前裴安之還會在逢年過節的時候強迫裴越在家裡見見伯伯叔叔，後來的狀態基本上就是當作沒有這個兒子。

直系親屬排除後，剩下的就是裴安之一直護著的像是眼珠子的親弟弟白秋……所有高層一起在心裡笑了，這位根本不足為懼。過去還會有人因為白秋過於溫和的性格不喜歡他，生怕他對裴安之造成什麼難以挽回的影響，但在此時此刻，他這個性格就太讓人喜歡了，他大概是在場人中真正根本沒想過要爭奪那個位置的人。

在排除掉有血緣關係的人之後，繼承人大概就要從他們這些當年和裴安之一起打江山，如今都熬成了高層的小夥伴裡選擇了，想想還真是有點小激動呢。

結果就在這個關鍵時刻，除夕殺了出來。

「一卓的兒子？別開玩笑了。一卓死在二十年前，你說是就是啊！」裴安之位於高層的小夥伴一共有十二人，其中一位肥頭大耳，一看就特別黑社會，但腦門子上已經寫滿了「我就是炮灰」的大叔開口了。

胖大叔的身邊還有一個賊眉溜眼的瘦高個，充分表現了網路上曾經流行過的一種搭檔模式——沒頭腦和不高興。嗯，就這樣稱呼他們吧，祁謙很不負責任的想著，反正他也不知道名字。

沒頭腦大叔在此之前肯定是不知道除夕的存在，而不高興大叔就不一定了，從他閃著精光的眼睛裡就能看出來，他應該是早就在除夕出現之後就得了消息的，此時他自己沒開口質疑，只是指使了很沒有腦子的沒頭腦大叔來當探路先鋒。

但是看來不高興大叔的手腕也不夠高明，還以為自己很精，殊不知他身邊其他不動神色的「十大金剛」才是真正的千年狐狸，他們既不會得罪除夕，也不會擔上什麼算計兄弟的名義，最終卻能得到他們想要的。

「我是裴熠，我父親是裴卓，我有爺爺親自派人去做的親子鑑定，各位伯伯叔叔們要是不放心，我這裡還有父親當年凍起來的ＤＮＡ和裴越叔叔在場，我們可以再測一次。」除夕早就準備好了如何應對這些人的說辭，他們都是老相識了，在上輩子，「但我希望是在葬禮之後，不要擾了爺爺清靜。」

「孩子說得在理，老大英明一世，我們不會不相信他。無論如何，先把遺囑聽完再做評說。」十二位小夥伴裡其中一個看上去很有威勢的光頭開口了。

光頭的言下之意其實大家都明白，先不要著急爭搶，誰知道裴安之會留給這個突然冒出來的孫子什麼呢？裴安之可不是那種會做出自毀江山的舉動的人，說不定裴安之根本就沒打算把組織留給裴熠呢，他們可不就白針對了一場嘛。

於是，在勉強認可了除夕的身分之後，遺囑這才正式開始被律師宣布。

結果……

裴安之就像是知道別人會想什麼似的，他的遺囑前半段一直都在絮絮叨叨的說著別的事情，硬生生吊著所有人的胃口，就是遲遲不公布下任人選的問題。

現在大家都知道了裴安之把他的個人私產，包括錢和古董、珠寶等等，分成了大小不一的四部分，分別給了白秋、裴熠、裴越以及祁謙。排名是按照實際得到的遺產多少排序的。

祁謙是很意外的那個，雖然裴安之是假死，但遺囑是經過相關人員公證的，不可能在事後再被裴安之修改，也就是說祁謙真的在裴安之的遺囑名單上。這份友誼開始的有點莫名其妙，但在最後他們是真的把彼此當作了朋友。

在場的嘉賓也知道了，裴安之的全部房產都會被轉賣，房產所得將無償捐助給……流浪貓、狗，在葬禮之後會專門成立一個相關的基金會，由祁謙和除夕共同打理。

對此，沒有任何人有意外的感覺，這確實是裴安之能幹得出來的神奇事，不把東西留給人，反而留給動物。

再然後，大家還知道了裴安之一些生前很喜歡的唐裝漢服還有珍藏的照片都留給了白秋和除夕，他一倉庫的公仔和周邊則送給了祁謙，裴越只得到了一份裴安之千挑萬選的……優質卵子和代孕協議。

「你爸爸讓我對你說，如果你決定還是和真愛在一起，就把協議撕了，如果你……」

天上突然傳來了小型私人直升機的轟鳴聲，所有人一起抬頭，看著直升機緩緩降落在旁邊的草坪上。從直升機上下來了幾個人，被圍在最中間的是穿著一身黑色風衣的黑髮男子，他的右側則跟著好多年不見的齊雲軒。

「抱歉，來晚了，路上出了點小事情，希望我沒有錯過太多。」黑髮男子上前，笑著開口，一臉大家都應該知道我是誰的樣子。

祁謙是真的不知道對方是誰，不過看他徑直朝著白秋走來也就猜到了——白秋的便宜兒子，白言。

「爸。」

「你怎麼來了？」陪在白秋身邊的白冬皺眉道。

「我伯伯的葬禮，我怎麼能不來？」白言笑得挑釁極了。

「！！！」

這時裴安之組織裡的十二個高層才意識到——臥槽，把白言這小王八蛋給忘了！白言是白秋的兒子，也就是裴安之的姪子，比起除夕這種突然冒出來而且沒有什麼實力的人，本身就繼承了一個不小的組織的白言才是真正的大問題！

於是，一直關注著除夕的幾道如芒在背的銳利眼神，都齊刷刷的轉向了白言，甚至更加凌厲了幾分，白言給人的威脅性可要比除夕大多了。

相對的，除夕的順眼程度也就被提高了不少。

白言倒是一派悠閒自得，無論多少人看他，他也只看著他爹白秋，「爸，我很想你。」

白秋雖然也覺得兒子在這個敏感時刻出現好像不太好，但是許久未見兒子的激動心情讓他選擇性的忽略了這些，於是上前抱了抱白言。自從裴安之死後，他就更見不得一家人分開了，「爸爸也想你。」

白冬很不滿的瞪著白言。他不喜歡白言，和白言到底是不是白秋的親兒子沒關係，他只是單純的不喜歡白言這個人而已，從白秋把他帶回白家的那天開始。那孩子的眼神太晦澀幽暗了，像是一個負能量的集合體，一如裴越一樣讓他不喜歡，他總覺得對方早晚有天會拖累死白秋。

但白秋的性格……好的時候是真好，壞的時候也是真糟糕。他對每個人都很好，不會放棄任何一個家庭成員，哪怕自己被傷害，最終也還是會原諒對方。和這樣的人當親戚自然是十分讓人開心的，但也因此，他是不會放棄白言的。

當愛一個人的時候，不可能只享受對方帶來的優點，而不要對方的缺點。

白冬很疼愛白秋這個弟弟，自然也就只能把白言忍耐下來。

「大伯。」白言在白秋面前對誰都是很有禮貌的，哪怕是和他從小不太對盤的裴越和祁避夏也都一一打了招呼。

「誰讓你叫我名字了？還有沒有點小輩的概念？我是你叔叔。」祁避夏從小到大都愛拿輩分壓人——好吧，準確的說是壓白言。

白言假裝沒聽到祁避夏的話，直接無視了對方的挑釁，笑著招呼祁謙道：「這就是表弟吧，我聽雲軒提起過你，還帶了禮物給你，也不知道你喜不喜歡。」

要不是礙於白秋在中間，祁避夏肯定會說：「誰要你的東西！我兒子什麼都不缺。」

祁謙對白言沒什麼感覺，只當他是個陌生人。反倒是他一直看著齊雲軒，這個神奇的文藝小清新，他好像一直都沒怎麼變過，還是和當年一模一樣。兩人互相點點頭，算是打過了招呼。

除夕站在一邊瞪著裴越：就讓你幫我辦這麼一件小事都辦不成！

裴越愧疚的看了一眼除夕，他哪裡知道齊雲軒真的會這麼狠。

上輩子除夕在裴安之的葬禮上，不僅受到了來自十二個高層的阻力和責難，還有來自白言的，這個野心勃勃的男人也想得到裴安之的勢力。雖然這輩子除夕已經不想再和裴安之的組織扯上什麼關係，但他也不想看到白言志得意滿！

於是，除夕拜託了既想對他好，又有點因為裴卓當年的隱瞞而不想和除夕接觸的裴越，去從齊雲軒下手，拖住白言別到場。等後來他再來了，黃花菜也涼了。

可惜，在最後白言還是趕到了。

除夕無奈，看來還是只能用上輩子的那招兵來將擋，說動白秋去收拾白言了。

「說到哪兒了？」齊雲軒笑著看向律師，提醒著此時神色不一、心裡肯定都在飛快盤算著什麼的在場眾人，他們是一定要等到最後的。

律師繼續道：「……如果二越你依舊過著最長一月、最短一週換床伴的速度，那就還是生個孩子吧。」

齊雲軒看著裴越笑了，「你真是一點都沒變，連裴叔叔都這麼瞭解你。」

裴越欲哭無淚：你為什麼不聽聽前面！我其實還是想和你再續前緣的啊！爹，你這是連死都要坑一把兒子我嗎？QAQ多大仇！

遺囑唸到了最後，激動人心的時刻終於來了。

「裴安之先生將他名下恆耀集團的百分之六十的股份全部……」

恆耀集團就是裴安之組織明面上的身分。所有人都在翹首以盼，得到絕對的股份，就等於得到了整個組織的話語權。

「……凍結。」

「What the fuck?!」終於有人忍不住爆了粗口。

「直至你們中的誰能替裴安之先生報了仇。他的原話是——我知道我要是死了，肯定是被人謀殺的，所以你們誰替我報了仇，誰就是我裴安之最好的兄弟，我也就能放心把恆耀給他，照顧好兄弟們。如果實在是找不到凶手，那就徹底毀了埃斯波西托家族，讓我高興了，也是我最好的兄弟。」律師道。

眾人聽後紛紛表示，這個倒也公平，合情合理，最終一致接受了裴安之的遺囑。

「最後，是裴安之先生給裴熠先生的一個選擇：一，您可以暫時代為保管公司公章，也就是恆耀的唯一信物，當誰達成了裴安之先生的心願之後，就由您做主將那東西給誰，您自己卻無法擁有；二，您也可以選擇不保管，那您將會擁有一樣的競爭權。需要注意的是，如果您選擇一，那麼一旦您身死，無論是誰殺死了您，又或者您意外死亡，恆耀百分之六十的股份就都會被裴安之先生無償捐助給C國警察部。」

如果除夕放棄繼承權，那麼在完成裴安之的心願之前，想繼承裴安之東西的高層們不僅要報仇，還要不遺餘力的保護除夕。當然，如果除夕也想要恆耀集團，那麼他就會失去前面的好處。

除夕的未來到底會變成什麼樣的走向，全在他一念之間。

「我會保管公章。」

這對於除夕來說根本就不是個選擇題，而是皆大歡喜的好結局。他原本就打算好了，如果裴安之的遺囑裡按照上輩子那樣把恆耀的股份和印信都留給他，他會用什麼樣的理由推拒掉，他甚至連把那些轉讓給十二個高層裡的誰會對他更有利一點的都想好了。

不過現在，除夕不用再費什麼波折了，這一世的裴安之改變了遺囑，他給了除夕選擇。

而除夕也毫不猶豫的選擇了他想要的。

人在做，天在看，因果好輪迴，做壞事早晚是要付出代價的。

上一世除夕繼承了恆耀，卻迷失了自己，死相淒慘；這一世他只想靠自己的能力去正正當當的得到權力和財富，當個奉公守法的好公民，擁有隨時站在陽光下，不再懼怕任何東西的理由和勇氣。當然，最重要的是那個會陪著他一起的人叫祁謙，他永遠記得在他重生醒來之後第一眼見到的祁謙，那麼閃耀、明亮，他不適合任何陰暗，除夕始終這麼認為。

除夕的一句話之後，他不僅不用再做什麼親子鑑定，反而又認了不少嘴上說著「雖然現在你爺爺和爸爸都不在了，但是別怕，以後你就是我姪子／親孫子」的叔叔、伯伯、爺爺。

大家在那一刻好像突然都變得富有愛心起來，並且擅長回憶過去，除夕已經聽了不下五個版本的他爸爸小時候總是愛纏著誰誰誰玩了。

「剛剛只是個玩笑，你可別放在心上。」連沒頭腦大叔都上來湊了一回熱鬧。

除夕含笑點頭，「我知道，您也別放在心上，我本就無意這些，出席葬禮不過是因為這是我的家人。比起舞刀動槍，我更適合從事商業活動。我自己開了間金融公司，比上不足比下有餘，日後還要仰望各位伯伯叔叔多照顧。」

「自然、自然。」大家都很滿意，想著果然富不過三代，太過狠辣無情的裴安之，不僅壓縮了別人的發展，也阻礙了他子孫後代的成長。

最後當著所有人的面，除夕對律師表示：「公章就先放在爺爺以前放的地方吧，等爺爺的仇報了，只要有證據能證明，我就會承認那個人，並讓替爺爺報了仇的人直接去取，不用過我這一手，大家都放心。」

就像是那個裴安之的選擇題一樣，除夕的表態也是為了做給別人看。

「大姪子你說的這是什麼話，我們怎麼會信不過你呢！不過既然你這孩子這麼堅持了，那就這樣吧。」比起剛剛虛偽的笑容，這次就顯得更加真誠了。

恆耀的印信太敏感，雖然對外說的是公章，也確實有公章的功能，但那個印信真正重要的意義不僅僅是公章又或者是組織一把手的身分象徵，它同時也是一把鑰匙，能打開一個比銀行總行的金庫還要嚴格的超大型保險箱。

裡面到底有什麼，除了裴安之，就沒有誰知道了。

但可以肯定的是，那裡面的東西足夠幫助恆耀繼續順利發展，也是恆耀最後的武器，能力挽狂瀾的寶物。如果不用正確的印信開門，保險箱裡面的系統就會自動開啟自毀模式，不留任何餘地，沒有什麼「你的密碼輸入錯誤，您還有四次機會」之類的廢話，只一次，錯了就全毀——特別符合裴安之的瘋子性格。

而這些被裴安之玩弄於鼓掌多年的高層們，基本上早就沒指望自己能繞過除夕，去找到裴安之藏起來的印信。如果除夕拿到手了，他們也許還會動動小心思，但如果東西還在裴安之生前放的地方，那就是即便你知道地點也未必能拿到的節奏。

裴安之哪怕是死了，他的餘威猶在，甚至有點被神化了，讓人更加的懼怕。

高層們已經習慣了按照裴安之制定的遊戲規則玩，只想按部就班的照遺囑來，但他們也還是會有點防備暫時看上去沒什麼威脅的除夕。誰知道他拿了印信會做什麼，就像是他們拿到印信也未必會真的再跟著裴安之的計畫走一樣，他們也在這麼揣測著除夕。

而如今除夕願意主動再讓一步，自然讓人心生歡喜。

十二位高層這一次看著除夕時，看到的就大多是他是自己以前患難與共的老大唯一的孫子這個身分了，而不是什麼有可能威脅到自己地位的競爭對手。於是，他們就真的變成了慈眉善目的長輩，心裡想著在力所能及的時候給這孩子一些幫助也是極好的。哪怕是最沒頭腦的沒頭腦先生也知道，善待裴安之的孫子能提高他的形象。

在接下來的一段時間裡，除夕收禮收到手軟，直白一點的是直接送車送房送錢，甚至是送美人，含蓄一些的則是替除夕的公司提供了一些挺關鍵的幫助。

除夕本著不拿白不拿的原則，除了活物以外，別的是來者不拒。

「你有什麼想要的嗎？」除夕問祁謙。

祁謙搖搖頭，他什麼都不缺。

「好吧，上一世他們想盡辦法從我身上刮油水，給我添了不少麻煩，雖然這一世他們還沒做過，但我拿一些精神補償，不過分吧？」

「他們這麼對你？！」祁謙突然覺得他有不少想要的東西了。

一方給錢給得開心，一方收錢也收得很開心，總之就是大家都挺開心的，哪怕是白言和齊雲軒。

「謝謝你幫我。」齊雲軒對白言道。

十幾年前，祁避夏在裴越的事情上騙了他，十年前他發現之後就發過誓，如果有可能，他一定會給他添一回堵。這次裴越希望他能拖住白言不要來，他就反而更想讓白言來了。看著裴越和祁避夏變臉，他真是開心不少。

「我也確實對裴安之留下的東西感興趣，他遺囑裡說的是誰報了仇，誰得到恆耀，可沒有規定參賽者的身分。」白言的野心一直都不算小。

「你確定你能對付？」

「見者有份，重在參加嘛。這事不知道也就算了，知道了又怎麼可能放手。不說我了，說說你吧，你什麼時候才能放下裴越？你明知道他就是那種爛性格，再糾纏有什麼意思呢？真不是我說你……」

「重在參加，你說的。」早晚有天會放下的，在放不下之前，那就繼續耗著唄，「你準備從哪裡下手？埃斯波西托家族不好找。」

「我準備找印信。實在不行再說埃斯波西托家族。最後才是幫裴安之找真凶。」

「祝你好運。」

白言沒怎麼經歷過裴安之的統治時期，也並不在他身邊討生活，自然也就很自信覺得自己能找到印信，好比從那個律師入手。

不過白言注定要白忙一場了，因為律師根本不知道印信在哪裡。

裴安之並沒有死，他還活著，又怎麼可能把印信的下落告訴別人？

好吧，為了以防萬一，他是告訴了除夕和祁謙，印信就在他那一倉庫的公仔、周邊裡。

所以說，遺囑和除夕的表態就是個態度問題，除夕是一開始就知道印信在哪裡。

至今都沒有人知道印信長什麼樣，是印章？鑰匙？戒指？幾乎一般可能存在的形態都被人猜過了，但都不對。

真正的印信其實是個裝魔法卷軸的長條盒子。

魔法卷軸也是一個動漫的周邊，但那個動漫周邊卻不是用盒子裝著的，這個需要特別仔細分析才能找出來，一般人是沒辦法在海量的周邊裡發現這個都算不上不同的與眾不同。除了……祁謙，他過目不忘，記得所有的周邊和外包裝，自然也就能像是「大家來找碴」似的找到不同。

即便沒有裴安之的特意告知，除夕其實也是知道印信藏在哪裡，上輩子他在知道地點之後，找這個印信找了差不多一個月，差點被坑死，印象自然十分深刻。

來到祁謙繼承的倉庫裡，面對滿滿當當的周邊與公仔，祁謙在全看過一遍之後，就徑直走向魔法卷軸，輕鬆拿到了盒子。

「上一世我要是有你該多好。」除夕充滿怨念的看著那個坑死他了的盒子。

葬禮之後，祁謙和除夕就大大方方的去了裴安之放公仔和周邊的地方，他們的動態有不少人都知道，但卻不會有人把這當一回事，最起碼是沒有把他們的舉動和印信聯想在一起。都覺得真是兩個小孩子，特別是祁謙這個靠著特殊的愛好和裴安之成為忘年交的，不先看錢和財產，也不看基金會，只關心幾個破玩具。

「瞧不起動漫的人早晚會為此付出代價。」祁謙是這樣笑著對除夕說的。

雖然裴安之這招挺讓人想不到的，但是除夕和祁謙最終為了以防萬一，還是決定拿走盒子，放到祁謙的駕駛艙裡，然後祁謙把他的駕駛艙變成了他現在睡的床。再想找東西的人，也頂多是翻開床鋪，不會和床本身過不去。

◎◆◎◆◎◆◎

《總有一天我會毀滅地球》的首映會就在裴安之葬禮之後的第五天，祁謙和祁避夏一起走紅地毯，除夕也去參加了，不過他是直接坐到了座位上，並不會直接面對鏡頭。

《地球人》系列的角色演員們也都來為新電影捧場，首映會上可謂群星璀璨，鎂光燈閃成一片。

不作死就不會死的李維我導演這回真的是自嘗惡果了。在被換掉之後，他其實是想把這件事情鬧出來的，在維耶幕後操作下也確實掀起了一些小風浪，電影臨時換導演，就像是陣前臨時換將，李維我想著大部分人肯定會不看好這部電影，他就能給三木水添堵。

結果也就是一些小報這樣報導了，真正的主流媒體基本上都是一片讚譽，因為換上來的導演是月沉，是很多年前他們就希望和三木水繼續合作的月沉。

李維我這十年來的電影票房自然是驚人的，但說白了全部都不過是三木水的劇本，沒有三木水，誰也不能肯定李維我的未來。不被看好的那個反而變成了李維我。

被李維我以前自以為自己名氣大就隨隨便便得罪了的人，現在都在等著看他的笑話。演藝圈一直很流行一種手段叫「捧殺」，把人捧得越高，摔得就會越慘。以前不少人都在有意無意的慣著李維我，一是多捧他幾句也不會讓自己損失什麼，二就是為了今天，看他在春風得意的時候突然重重的從空中樓閣上摔下。

和三木水鬧翻之後，李維我就過得有點不太順利，但其實還好，也還是有人願意繼續巴結著他。

給了李維我真正致命一擊的是這次《毀滅地球》的票房。那超越了以往各類電影，也超越了《地球人》保持的記錄，這全部都重重的打在了李維我的臉上。還有媒體將兩者進行對比，表示當初如果是月沉指導《地球人》，票房肯定會更好。

李維我是真的後悔了，但再後悔三木水也不會給他回頭的機會。三木水對祁謙說：「很多人都覺得我會跟他過不去，死也不會放過他。但是，我需要嗎？」

那是一種不屑，也是一種自信，三木水什麼都不做，就足夠打擊李維我了。

×月○日　第二十篇日記

小金人獎落誰家

新曆四六四年年底的小金人金像獎上，《總有一天我會毀滅地球》和《光明紀元》分別各以十五個和十四個獎項的提名成為當晚最備受矚目的兩大影片，這兩部大製作將會從最佳劇本、最佳影片、最佳導演以及最佳男女主角一路廝殺而過，決出最後的大贏家。

隨著頒獎典禮的臨近，祁避夏變得一天比一天焦躁，因為阿羅提前打電話來告知，祁謙獲得了最佳男主角的提名。

祁謙也獲過獎，《人艱不拆》中Dr. 李一角，讓祁謙拿獎拿到手軟，各類電視劇的重量級獎項無一旁落，全部都收入了祁謙囊中。只是……這是小金人，是整個C國乃至全球最重要的電影類獎項，只有問鼎了小金人的影帝，才能算是含金量最高的影帝。那是無數優秀演員終身都在為之奮鬥的夢想，也是祁避夏求而不得的朱砂痣、白月光。

「這可是最佳男演員的提名啊，謙寶，你明白嗎？如果你獲獎了，你就是全球最年輕的影帝！」

阿羅、白安娜以及三木水等人都先後打來了電話，他們總有管道提前得到消息，家中最晚知道這個消息的反而是祁避夏父子。

祁謙可有可無的點點頭。

「你就不激動嗎？」祁避夏在激動過後，才意識到和自己比起來，他兒子這個真正的入圍者有點太過冷靜了。

祁謙搖搖頭，實話實說：「不太激動。」

「Why?」祁避夏表示真是難以理解他兒子，「這是小金人，注意看我的口型，小金人！

你明白我的意思嗎？」

祁謙無奈的看著祁避夏，點點頭，「我知道是小金人，我還知道小金人重量級的獎項有四個，最佳影片、最佳導演和最佳男女主角，其次同樣也頗受關注的還有最佳原著劇本、最佳改編劇本以及最佳男女配角，總共八項。《總有一天我會毀滅地球》則獲得了其中七項提名，除了改編劇本這項資格不符以外，別的都是榜上有名。」

「最佳影片、最佳導演以及最佳原著劇本肯定手到擒來，評委會除非想被罵死，才會整出什麼意外。七個重要獎項占其三，你覺得剩下的獎項還能贏的機率有多大？不要忘了今年可是《光明紀元》系列電影的最後一年，評委會不可能不照顧它的感情。」

「可、可是……總是要有夢想的啊，萬一呢？」祁避夏不得不承認祁謙說得很有道理，只是多少還是不願意面對這個現實。

「這只是縱向比較，還有橫向的。最佳男主角五個入圍者，陳煜、謝忱、安德列以及馬寬生，謝忱和馬寬生是實力派的老牌影帝，安德列是風頭正勁的當紅小生，哪怕是跟我差不多歲數的陳煜，都已經入圍過一次，拿過一次小金球。你覺得第一次入圍，甚至是第一次出現在小金人典禮上的我，獲獎的機率有多大？我不是沒有夢想，只是不會去做毫無意義的白日夢。」祁謙耐心的對祁避夏分析道，「最重要的是……」

「你有我這個前車之鑑，評委會估計也在害怕你有天會變成我這樣的傷仲永。」祁避夏垂頭喪氣道，他從來沒有哪一刻會比此時更後悔自己曾經的墮落，甚至C國最著名的博彩公司公然開盤了「祁謙什麼時候會變成祁避夏第二」的賭局，祁謙不會墮落的賠率相當之高，換句話就是，基本沒人看好。

祁謙卻否定了祁避夏的說法：「不，最重要的是我想和你一起角逐這個獎項，當我打敗了你的時候，我才會覺得我是真的成功了。」

否則……祁謙總會覺得不圓滿。

祁避夏看著兒子一臉「贏別人沒意思」的表情，幸福值直接滿點了。他並在心裡暗暗想著，哪怕是為了完成祁謙的心願，他也要試著再去演演電影！

◎◆◎◆◎◆◎

十二月十二日晚，富麗堂皇的ＬＶ市神聖殿堂大劇院成為所有媒體的聚焦之地，全球有十幾億的觀眾透過電視、網路，同時收看這一屆小金人金像獎的頒獎典禮。劇院門口樹立起了巨大的小金人雕像，百尺長的紅毯，從門口開始一路鋪設到劇院門口階梯的頂層，象徵著攀爬到頂峰的星光大道。

六千名到場的明星、導演、製片人等圈內人士齊聚一堂，讓劇場變得座無虛席。門外的廣場上早被影迷和媒體圍了個水洩不通，不少瘋狂的粉絲為了占個好位置，甚至是從昨天開始就露營等待，只為能更近的目睹明星們入場時的風采。

《光明紀元》劇組最先坐著豪華的加長型禮車出場，在夜幕降下後，拉開了小金人頒獎典禮的序幕。

明星們爭奇鬥豔，女星們的事業線和各式搖曳多姿的裙襬成為網路上的熱門話題。與《光明紀元》旗鼓相當的《總有一天我會毀滅地球》則成了這晚的壓軸，而作為壓軸的壓軸，自然就是月沉、三木水和祁謙三人組了。

兩黑一白，祁謙就這樣被凸顯了出來。

閃光燈亮得讓人睜不開眼睛，粉絲的尖叫聲直破雲霄，現場熱烈的程度活生生把初冬的ＬＶ市又拉回了才過去不久的夏季。自《毀滅地球》上映之後，祁謙本就很有群眾基礎的知名度直線上升。對此最有感觸的莫過於祁謙自己，再長一條尾巴出來根本不是問題。

隨著《毀滅地球》在全球各地的熱映，祁謙終於走出了Ｃ國，邁向世界，喚醒了當年世界盃時人們被刻意壓了下去的久遠記憶——那個能帶來好運的男孩，重新以一個強勢的姿態回到了大眾視野。

哪怕叫不出祁謙的名字，也會指著螢幕和海報上的祁謙說：這個人我知道他。

「不要緊張。」在還沒有下禮車之前，月沉對祁謙如是說。哪怕是小金人的頒獎典禮，他和三木水也已經來了很多次，習慣得不能再習慣了。只有祁謙，對這裡是全然陌生的，作為長者他自覺有義務要幫助祁謙。

祁謙沒有說話，只是點點頭，然後用實際行動告訴月沉，他從來都不知道何謂緊張。

看著被自己和三木水夾在中間的祁謙，月沉有些恍惚。如果祁避夏沒有出那樣的事，祁避夏是否也會如現在這般站在三人組中間？他想，如果真是這樣，他們一定還是所向披靡的金三角，因為他們是最好的搭檔、最合拍的朋友，可以一起創造出最成功的電影。

事後有媒體將祁謙三人的照片拍了下來，連同過去祁避夏五歲那年參加小金人頒獎典禮的照片一起，標題是大大的七個字——一個偉大的延續。

這應該算是最成功的子承父業了。

擔任這次小金人頒獎典禮主持人的是洛浦生和她的美女妻子。隨著同性婚姻越來越被人所接受，這樣的婦婦又或者夫夫檔組合，變得廣受歡迎。

最終，最佳原著劇本、最佳導演以及最佳影片都不出祁謙預料的，落入了《毀滅地球》劇組的口袋中。

三木水和月沉都已經快要數不清他們獲得此類獎項的次數了，表現得游刃有餘。

最讓人意外的是最佳男配角也頒給了《毀滅地球》，獲獎的是飾演人類吳庭川的少年演員，這是他的第一部電影，直接越過最佳新人，成為了最佳男配角。

祁謙起身與他擁抱，笑容真誠的恭喜他獲得了這項來之不易的榮譽，但是在坐下的那一刻，祁謙卻十分清楚，他真的與最佳男主角無緣了。祁謙以為自己是不在乎的，畢竟之前他就已經知道他贏的機率不會太大，直至那一刻，他才明白他心裡其實也有一個很小的聲音在說：我要贏！我想贏！

除夕和祁避夏分別坐在祁謙的兩邊，他們同時一左一右握住了祁謙的手，想要給予他力量。在祁謙還沒有察覺到失落前，他們就已經想到要如何安慰他了。

那一刻，祁謙的鬥志真正被燃了起來，從未有過的濃烈炙熱。

當最佳女主角的得獎者上前領獎的時候，祁避夏離開了他的座位，他這次不僅是陪著兒子來參加典禮，還被邀請當了頒獎嘉賓。

不過，頒發最佳男主角的卻不是祁避夏，而是上一屆終身成就獎的獲獎者林如夢，一個精神抖擻的老太太。

當最佳男主角五個入圍者在大螢幕上一一被播放出來之後，林如夢緩緩打開了寫著獲獎者名字的卡片，用滄桑的聲音一字一頓道：「本屆最佳男主角，得獎者是……沒有人。」

劇場內一片譁然。

這就是小金人的神奇之處，不是每一年都會有影帝誕生，有時候當評委會覺得五個入圍者都不夠資格的時候，他們就不頒獎，寧缺毋濫是小金人一直以來的頒獎態度。

五個入圍者的臉色都有點僵硬，「不頒獎，只提名」說明了小金人嚴謹的態度，卻也同時說明了他們五個都不夠好——他們演得都不錯，卻沒有好到能夠成為影帝。這就像是一記耳光，當著全球影迷的面，搧在了他們臉上，火辣辣的疼。

陳煜這次也獲得了提名，而他的母親林珊此前覺得自己的兒子一定會憑藉《光明紀元》獲獎，成為最年輕的影帝，她此時大概是最不高興的那一個。

除夕緊緊的抓住祁謙的手，希望他不要衝動。

祁謙卻面色淡然的坐在座位上，沒有任何覺得自己被侮辱了的感覺，他低聲平靜的對除夕說：「我沒事，只是我不夠好。下次會贏給你看的。」

而就在這個算是比較尷尬的時候，祁避夏終於上場了。

每年影帝產生之後，頒獎典禮差不多就該結束了，不過也不是沒有例外，好比要頒發終身成就獎的時候，也好比祁避夏五歲那年頒給他特殊金像獎的時候。

當祁避夏出現之後，不少人都了然的看向祁謙，好像明白了什麼。

「時隔二十五年的特殊金像獎，沒有提名者，只有獲獎者。我也不準備玩什麼懸念了，其實看見我出來的時候很多人應該就猜到了，我想說的是——YES！你們猜對了！這一屆特殊金像獎得獎者是我兒子，祁謙！《總有一天我會毀滅地球》中主角艾斯的扮演者，恭喜！」

在短暫的錯愕之後，整個劇院裡響起了熱烈的掌聲，現場的鏡頭也對準了祁謙，記錄下了他真實的驚訝，以及那之後最燦爛的笑臉。

大氣、自信而又沒有絲毫的矯揉造作。

小金人的特別獎一直都是一種很特殊的存在，並不是年年都有，每個人獲獎的理由和能拿到的獎杯名稱也各有不同，好比最為人所熟知的終身成就獎。還有和平獎、人道主義獎、最新科技獎（比如將有聲、彩色、3D、4D、5D等技術第一次完美的融入電影），又或者專門頒發給製作出很多部高品質影片的製片人的特殊獎，以及針對祁避夏和祁謙這種擔當了主角，已經足夠獲獎，但年齡實在太小，可影片卻大獲成功不給獎實在是說不過去的少年演員……

總之獎項五花八門，頒獎的時間有時候甚至會相隔十幾年，得獎者也沒有什麼別的同樣得到提名的競爭對手，有時候是單獨獲獎，有時候也可以是幾個人一起，這類會在最佳男主角頒發之後不定時觸發的獎項，被統稱為「特殊金像獎」。

祁避夏總在家裡對著他的特殊金像獎自嘲為「安慰獎」。

而在祁謙也獲得這個獎項的時候，幾乎所有人第一時間都明白了評委會的言下之意——祁謙很好，演技也夠，唯一讓人擔心的是他的年齡和他有前科的老子，所以我們先頒個特別金像獎表達對祁謙的肯定，再以觀後效。

祁避夏雖然站在臺上很燦爛的笑著，但是只有他自己心裡明白，這個笑容有多麼勉強。他覺得這就像是一個無聲的諷刺，因為他過去一時的肆意，連累他兒子如今得不到他應得的獎項。

祁謙倒是心情很好。在知道自己獲獎之後，他第一時間就是在微博上發了一張現場的自拍照，這是阿羅之前要求的，如果他獲獎，第一件事情不是站起來擁抱除夕，而是快速發微博，並寫下「知道獲獎的那一刻，我最想第一個擁抱、感謝的人是你們所有人」。

沒有粉絲的支持和喜歡，祁謙又怎麼可能有今天？這個感謝也是他發自肺腑的。

發完微博，祁謙這才起身，依次擁抱了除夕、裴越、三木水和月沉，然後緩步走上了領獎臺，與祁避夏擁抱，從他手裡接過了與他擺放在家裡一模一樣的特別金像獎獎杯。

「最先要謝謝我的爸爸，因為他把獎杯頒給了我；其次一樣要謝謝我的爸爸，因為正是他讓我對演戲這項事業產生了興趣，也是他這麼多年一路支持我走到今天；最後還是要謝謝我的爸爸，因為他是我爸爸。」

「說我之前完全沒有準備獲獎感言，那肯定是騙人的，不過我準備的是最佳男主角，從我六歲開始。我拿著我爸爸獲得過的獎杯練習，由我爸爸扮演各個頒獎嘉賓，頒給我不同的獎項。起初我覺得這個遊戲傻極了，十次裡有九次都會拒絕配合他。但是後來我學會了一句話——不抱著考滿分的目標去努力，你又怎麼可能拿到滿分呢？」

「相同的，不抱著當影帝的決心，我又怎麼能拿到特殊金像獎呢？」

「好吧，你們大概已經發現了，這裡應該說『最佳男主角』更合適一些。沒辦法，誰讓我只準備了最佳男主角的獲獎感言呢，只能臨時換一下別的詞彙了。」

劇場裡哄笑一片，大家把這個當作了祁謙的一個玩笑。但事實上祁謙說的是實話，沒有阿羅提前準備的稿子，他真的不知道該說什麼才是合適的、得體的，以及不得罪人的。所以他就實話實說了，沒想到卻沒有人相信他。除了知道原稿的祁避夏、除夕以及阿羅。

「感謝評委會對我的肯定……」一堆公式化的感謝之後，祁謙最後說了一句他每次獲獎都會說的話：「感謝除夕，希望你能知道。」

幾乎知道祁謙的人，都瞭解他這個習慣，在此前十年他獲得電視劇各個重量級獎項裡，他獲獎感言的最後一句都會這麼說。粉絲紛紛感慨祁謙的念舊，同時也讓他的粉絲群體中產生了一個十分特別的類型——天人永隔組。簡單來說就是支持祁謙和除夕配對的粉絲，其長情程度和祁謙一直念叨除夕的時間是差不了多少的。

至於除夕在發現那個配對類型之後暗爽了多久，這個就不得而知了，不過那裡成為了他時常會蹲點刷一刷的論壇。

◎◆◎◆◎◆◎

小金人的頒獎典禮終於落幕，《總有一天我會毀滅地球》以入圍十五項，獲得十二項獎項的超強實力，成為當晚最大的贏家。

投資方在頒獎典禮之後為整個劇組再次舉辦了盛大的慶功宴。此前票房每破一次紀錄，他們就會舉辦一次，而每次劇組的演員和工作人員都會特別賞臉出席，因為有錢拿，紅包一次比一次豐厚。《毀滅地球》的投資其實不算特別大，在票房很快就把投資賺回來、接下來就是純利潤的階段，幾大投資方都變得無比大方。

這次小金人頒獎典禮之後的慶功宴會上，由製片方的總代理常戚戚打開了第一瓶昂貴的香檳，在瓶塞噴射出去之前，她興奮的高喊：「我們破了小金人獎項最多的紀錄，十一個，不，不對，是十二個，恭喜謙寶～」

盛裝打扮的所有人一起歡呼。

常戚戚的數學不可能真的差到連自己的影片獲得多少獎項也不記得，之所以說成這樣，自然是為了突出祁謙。常戚戚是個很護短的事業型女性，和白家大姐白安娜很像，最愛掛在嘴邊說的就是肥水不落外人田。

祁謙也很喜歡常戚戚，她在片場的時候很照顧他，這也是祁謙當初身為主角也能請到假的主要原因。如果常戚戚在剛剛最後叫的不是「謙寶」，而是「祁謙」，他會更喜歡她。

「嗨，寶貝～你今天表現得太棒了，不要搭理評委會那群老古董的想法，明年我們就是真正的影帝！」宴會在進行到中後期的時候，穿著一襲酒紅色魚尾裙的常戚戚，一邊遞給祁謙一杯雞尾酒，一邊道。

「我覺得獲得這個獎挺好的。」祁謙認真回答。

祁謙是說真的，雖然他想獲得最佳男主角獎，但他也很清楚自己的演技還不夠好，他覺得他連祁避夏小時候都比不過，又怎麼可能獲得最佳男主角呢？他沒獲獎，是心服口服的。

「拜託，現在又沒有外人，你要相信姐姐的能力，嗯？一個狗仔都不會混進來的，今天晚上就是要歡慶、放鬆、暢所欲言！」常戚戚的聲音越走越高，笑容傻氣，「讓那些該死的不愉快統統都去死啊！到現在都沒來參加我的慶功宴，混蛋、混蛋、混蛋！工作就那麼重要嗎？！我忙的時候也沒見我忽略她的生日、紀念日以及為她慶祝她事業的某項成功啊！」

祁謙迅速明白了，這位是喝多了，順便撒酒瘋表達自己對戀人的不滿。

還沒等祁謙想到該怎麼處理喝多了的常戚戚比較好的時候，常戚戚的伴侶齊雲靜終於從機場匆匆趕到了慶功宴上，接手了這個大麻煩，順便沒收了祁謙手上的雞尾酒，「小孩子不能喝酒。」

「我十六歲了。」祁謙雖然對酒精這種東西沒什麼興趣，但他卻不怎麼喜歡別人還把他當作小孩子。

「十六歲也是未成年。」齊雲靜很嚴肅。

祁謙的這位表姐給人的感覺一直都像是表哥，此時依舊是一身幹練的西裝，白襯衫、咖啡色的背心，同色的西裝褲，強勢得一塌糊塗，根本就是白冬大伯的翻版。

「只許喝沒有酒精的飲料，沒得商量。乖，去找你的小夥伴玩吧……裴熠，是這個名字嗎？順便告訴你爸爸一聲，齊雲軒的問題我會幫他解決。」

齊雲靜和齊雲軒是堂姐弟，她和齊雲軒從小關係就不錯，也是能震住齊雲軒的多位大神之一。

說完，齊雲靜就扶著怎麼都不肯安生，不斷在她身上亂摸求吻、不斷撒酒瘋的常戚戚，離開了宴會所在的大廳。

「美女妳誰啊，和我老婆長得好像。」

「我就是妳老婆！」

「不可能！我老婆沒有妳漂亮～」

祁謙默默的在心裡替常戚戚掬一把同情淚，不作死就不會死啊！他就不信常戚戚能醉得這麼快，剛剛還能認出他，這會兒就連自己的戀人都認不出來了。藉著醉酒表達對戀人不能陪著自己的不滿是可以的，但用這種氣死人的方式……

——希望明天還能看見完整的妳。

祁謙開始在會場裡尋找祁避夏的影子，準備跟他轉達會有齊雲靜來替他收拾齊雲軒的這個好消息，結果卻怎麼都找不到祁避夏了。

「在找什麼？」剛剛去幫祁謙拿食物的除夕走了過來。

「我爸爸，你看到他了嗎？」

「我看到他和費爾南多一起出去了，放心吧。」除夕道，「大家都走得差不多了，我們也走吧？我想帶你去個地方。」

祁謙一聽祁避夏是跟費爾南多走了，也就跟著除夕離開了。對於費爾南多，他還是很放心的。

「我們要去哪裡？」

「很俗套的地方，但我本來就沒什麼想像力，你見諒吧。」除夕有點彆扭的說著，「為了恭喜你獲得特別金像獎，即便覺得很俗套也不許笑！」

夜深人靜，已經關了門的空無一人的遊樂園。

祁謙不得不說，除夕是真的很沒有想像力，特別是在他們一起上了摩天輪之後。祁謙心裡想著，大概每一個工作狂都是浪漫細胞絕緣體，最典型的代表就是白安娜和她丈夫，兩人都忙，從來不過任何節日，甚至在一起的時間都少，但夫妻感情卻好得讓人匪夷所思。

直至摩天輪上升到最高點的時候，下面亮起了３Ｄ投影的動漫人物，祁謙才愣住了。他的眼睛很好，能看到整個遊樂園下面的每一個動漫人物臉上的表情。那些都是他所喜歡的人物，從高處看下去，他們就像是真人一樣，他們一起用不同的聲音、不同的表情說道：「恭喜祁謙獲得特別金像獎。」

「你……」

「和時代遊戲洽談的一些小項目，還有拜託 2B250 幫了一點小忙。」除夕忐忑不安的看著祁謙道，「投其所好，我會把你所喜歡的全部都送到你眼前。」

除夕在醒來之後就想把 2B250 還給祁謙，但祁謙卻拒絕了。因為正在創業階段的除夕肯定會比他更需要 2B250 這個光腦，他平時也就是看看動漫、刷刷微博，用手機和電腦足夠了，最主要的是他受夠了 2B250 的狗腿，太煩人了。

於是，2B250 就暫時繼續留在了除夕的身體裡，改造完成後，再也不用像過去那樣擔心能量問題了。

等摩天輪轉了一圈下來之後，那些動漫人物還在，不過站在地上的時候，就能看出來他們不過是擺放在下面的幾組攝影機合成的３Ｄ影像了。雖然也很真實，卻遠沒有在摩天輪上看到的那麼像真人。各個動漫人物分別站在不同的遊戲設施旁邊，當祁謙走過去之後，他們就會開始為他講解遊戲設施的玩法，順便能進行簡單的對話。

祁謙對遊樂園的遊戲設施沒多大想法，卻對和動漫人物交流有著濃厚的興趣，他拉著除夕跟所有的影像都聊了一遍，他最喜歡的幾個人物甚至重點反覆聊了好多次。

雖然知道是假的，但祁謙依舊玩得很開心，「謝謝。」

「你喜歡就好。」送禮物不難，再貴的禮物對除夕來說都不是問題，難的是投其所好，能讓祁謙真正喜歡的。

◎◆◎◆◎◆◎

《毀滅地球》劇組慶功宴的那一晚，大家都玩得很盡興、很瘋狂，其導致的後果也有好有壞。

好比祁謙和除夕的感情在那晚不斷發酵升溫，就等著破土而出的那一天；常戚戚和齊雲靜這對蕾絲邊組，也秉承了一貫有矛盾就床上解決的良好傳統，最終和好如初，除了常戚戚有點上下位置的小怨念以外，基本上結果還是好的。

結局尷尬糟糕的自然也有，好比劇組裡有人喝多了第二天醒來發現自己突然出現在了人生地不熟的國外，兩眼一抹黑的表示再也不要喝得爛醉了！也好比……

祁避夏和費爾南多。

「昨天晚上你爸爸因為你沒得到最佳男主角，只得了特別金像獎的事情很鬱悶，覺得是他連累了你，借酒澆愁喝到不省人事。」費爾南多是這樣跟祁謙開頭的，「他嘴裡一直嚷嚷著不想回家，我當時也喝得有點醉，就稀裡糊塗的叫車把他拉回了我家，然後他吐了自己一身，也吐了我一身，我就開始幫他脫衣服洗澡……」

「然後你們就酒後亂性了？」面對費爾南多尷尬的表情，祁謙覺得自己基本上已經能夠猜到這個故事的走向了，「直接說結果就好，我不想知道細節，特別是當事人之一是我爸爸的時候。」

費爾南多的臉色一下子變得爆紅，磕磕絆絆道：「沒、沒有，我怎麼會那麼做呢……」

祁謙挑眉看向突然好像變得純情的一比那啥的費爾南多，一臉的不信，都這種時候了還不上，他到底是不是男人啊？又或者他真的喜歡祁避夏嗎？

「其實也有想過。」在祁謙咄咄逼人的眼神下，費爾南多小聲的老實承認了，「好吧，那想了很多次。當時我真的很掙扎，也抱了、摸了、親了，然後甚至用手互相幫助了一下，那感覺棒極了……咳，不對，我是說我及時的清醒了。我告訴自己，我希望的是和你爸爸兩情相悅，而不是趁人之危，我用了很大的自制力才讓自己放棄了這個危險的想法。」

祁謙還是不太相信，α星人發情的時候根本就停不下來。

「我怕他恨我。這種類似於強迫又或者迷姦的方式只會把他越推越遠，我不想傷害他。當我這麼想的時候，就好像一盆冰水兜頭潑下，什麼旖旎的想法都沒有了。」費爾南多補充道：「我本來還想過要不讓他上了我，這樣就沒什麼問題了，也許、大概、說不定他還會覺得愧疚，進而和我發展點什麼。但很快我卻意識到，這和前面那種方式又有什麼區別？都是趁人之危，都是強迫，甚至後者還帶著欺騙的色彩。這不是我對他的愛。」

費爾南多不是不喜歡祁避夏，而是愛慘了祁避夏。

祁謙對費爾南多道：「這一次我是發自真心的，祝願你能和祁避夏早日在一起。」甚至祁謙都有一種祁避夏要是不和費爾南多在一起他都不答應的感覺，錯過了費爾南多，祁避夏終其一生大概都不會遇到這麼愛他的人了。

——等等……

祁謙這才反應過來：「那你來找我幹嘛？如果什麼都沒有發生。」

「也發生了一些啊，親吻什麼的。」

「需要我為你上一堂健康教育課嗎？」祁謙開始有點懷疑這些年費爾南多是不是把精力都放在了踢球上，根本不明白什麼叫能讓人懷孕的繁衍行為。

「不不不，我知道那是怎麼發生的，我是個正常的三十歲成年男子，我也是看過AV和GV的！」

「正常人在三十歲的時候，該說的是我已經嘗試過這類事情了，魔法師。」祁謙看著純情的費爾南多，想著他真是個神奇的小子，怪不得當年僅僅是因為誤會蘇蹴喜歡他，就能嚇得屁滾尿流的轉會。

他是否該呼籲成立保護費爾南多基金組織？

「咳……」費爾南多瞬間轉移了話題，「而因為我們晚上做的互助行為，早上起來的時候，你爸爸反而誤以為我們真的有了什麼，還是他怎麼了我，不是我怎麼了他。然後……」

「然後他說他會負責？」其實這話祁謙說出來後自己都不怎麼相信，以祁避夏平時那種風流痞樣，他要是有上一個就負責一個的覺悟，祁謙早不知道多少年前就會有一卡車的後媽了，「還是那個混蛋以為自己吃乾抹淨了，就嚇得逃跑了？」

費爾南多欲哭無淚的看著祁謙，「後者。早知道他會這樣，我還不如昨天晚上如願以償呢！不能在一起，好歹也要曾經擁有，我後悔死了！」

祁謙拍了拍費爾南多的肩，「我理解你。」

「現在我已經聯絡不到他人了，你能等他回來之後幫我跟他解釋一下嗎？當不成情侶，我也想和他當朋友。像這樣賠了夫人又折兵太虧了。」費爾南多沉痛極了。

「我會的。」祁謙再一次摸了摸費爾南多硬硬的短寸頭。他在尋思著要不要和除夕商量一下，真的試著撮合撮合祁避夏和費爾南多。雖然除夕說過最好不要隨便摻合別人的感情，但這可是祁避夏啊，不是別人，他想他得到幸福。

費爾南多走後，祁避夏才衣衫不那麼整的灰溜溜的回了家。面對環胸坐在沙發上、一臉嚴肅的祁謙，他立刻撲了上來：「兒子怎麼辦啊！我闖禍了，我闖大禍了！」

「費爾剛剛來過。」祁謙一臉老神在在。

「我知道，我看見他的車了，我幾乎和他是前後腳到家，所以我一直在外面等到他走了才進來的……」祁避夏整個人都慌亂極了，「他什麼都跟你說了，對嗎？怎麼辦啊，我該怎麼辦！」

「這就要問你自己了。」祁謙沒有急著否認，也沒有急著肯定，「你仔細想想，你想要的到底是什麼。」

「我想要費爾！」

「WWWWhat?!」雖然祁謙是有意要撮合費爾南多和祁避夏，但他可沒想到祁避夏在這個時候也是這麼想的，「那你跑個毛線啊！」

「我能不跑嘛！你要是喝醉酒上了你好友，而且你是在第二天早上起來才發現其實你對他是有那麼點不軌之心的好友，你能不跑嗎？！」祁避夏表示他也被嚇到了好嗎？「我昨晚真不是蓄謀灌費爾酒然後好趁人之危的！」

祁避夏也不知道自己是何時喜歡上費爾南多的，反正他意識到的時候是在今天早上，他和費爾南多有過那什麼之後，他發現他竟然一點都不後悔……好吧，其實也有後悔，但他後悔的是昨晚的記憶太模糊，根！本！沒！記！住！

祁避夏甚至開始覺得自己以前的感情生活一直定不下來，完全就是他找錯了方向。

但他和費爾南多的這個開局實在是太糟了，在他意識到他是喜歡費爾南多的時候，他已經強上了對方，還沒開花結果就注定早夭的戀情什麼的太難受了，六神無主之下，祁避夏就只能很慫的逃跑了。

「……」聽到這樣的神展開，祁謙已經說不出話來了，他該說真不愧是蠢萌祁嗎？也就只有他會搞出這樣的事情了！

「你想過費爾也喜歡你的這種可能嗎？」

「你在開玩笑嗎？費爾從事的可是恐同十分嚴重的足球運動！需要我提醒你他們對同性戀有多排斥嗎？而且即便費爾也喜歡我，在沒有告白的情況下我就上了他，再加上我以前的糟糕名聲，你覺得我們HE的可能性有多大？」祁避夏第N次的詛咒自己糟糕的過去，這就跟狼來了的故事似的，沒人會信他能改過自新，「他一定以為我這是蓄謀已久的了，畢竟拉他出去續攤的是我。」

「你是認真的？我是說對費爾的感情，不是什麼一時的意亂情迷。」

「從未有過的認真！」祁避夏雖然很慌亂，但在回來的路上卻也想了不少，「費爾是最合適的。首先他和我都是男的，我們將來不會有孩子，只有你。而且費爾自己本身就有錢，也很出名，他不會圖我什麼。再說我和他有共同的興趣愛好，有一樣的欣賞品味，他還會做飯你知道嗎？最重要的是，你也喜歡他，他也喜歡你，他一定能對你很好，視如己出。」

「……就不說你最後亂用的那個雷人成語了，只說你不覺得在這件事情裡，你和費爾的感情才是最重要的？」

「我、我當然也是喜歡他的！看到他的身材的時候，我幻想了很多不該幻想的畫面。而且相信我，他也贊同我的觀點，我將來要找的不僅是一個戀人，也是為你找一個家人，他甚至比你都支持我的婚前協定。」祁避夏越想越覺得再沒有比費爾南多更合適的人了。

「那就沒有問題了，直接去跟費爾說吧。你誤會了，你們昨晚什麼事都沒發生，他剛剛來的時候已經跟我解釋過了，而他來的目的不是找你算帳，是讓我跟你解釋一下。」

「啊？」不知道為什麼，祁避夏心裡有那麼一點點的小遺憾。

「你還不明白嗎？白痴！他喜歡你，他在乎你，他不想失去你！所以他才來找我跟你解釋，不能當情侶也想當朋友！你要是喜歡他、在乎他、想和他在一起，就給我像個男人一樣挺起胸膛去表白！今天中午不把他帶回家吃飯，你就不用回來了！」

最終，祁避夏自然還是回家吃午飯，費爾南多下廚。

祁謙認識費爾南多這麼多年，這還是第一次吃他下廚做的飯。

「太厚此薄彼了，有同性沒人性！」祁謙對費爾南多抗議道。他們倆好歹也算是認識十年的交情了，費爾南多卻從來都沒想著替他做頓飯什麼的，甚至費爾南多提都沒提過他會做飯這件事！反倒是祁避夏一副很懂的樣子，一看就知道吃過不少次！

「費爾其實是為了你專門去學做飯，你不是一直不滿意家裡的廚子和營養師嘛？」祁避夏在一邊對祁謙解釋道。

祁謙不是不滿意家裡的廚子和營養師，他不滿意的是他們讓他吃的食物內容。不過祁避夏覺得這種小細節就不用在意了，重要的是心，心意！他表示這個不算是偏幫老婆吧？只是實事求是。

在今天上午和祁避夏互通心意之後，費爾南多就老實承認了，他當初是想先投其所好讓祁謙高興，再緩圖其他，而祁避夏此前的角色基本上就是個試吃的。

祁謙看著祁避夏，心裡莫名的有了一種很酸澀的感覺，這大概就是吃醋了吧，祁謙不確定的想到。雖然他是很支持祁避夏和費爾南多在一起的，但祁避夏倒戈的這麼快，無意識的開始偏幫別人，他多少還是會有點不爽。可是換個方向想想，祁避夏也是真的很喜歡、很喜歡費爾南多才會如此，以前祁避夏帶回家的那些女人可沒這個待遇。

這麼一想，祁謙也有些釋然了。

中午特意趕回家吃飯的除夕，抓緊時機用他隱形的尾巴勾了勾祁謙的尾巴，以示安慰，好像在跟祁謙保證：無論如何你還有我，我是絕對不會改變的。

祁謙這才徹底壓下了那點微妙的小心思，高高興興的等待起費爾大廚的午飯。

不得不說，費爾南多是為了他而特意去學做飯的這點，還是讓祁謙很滿意的。不過，最讓祁謙滿意的是，菜上桌之後，賣相驚豔，味道……祁謙恨不得祁避夏和費爾南多馬上去登記結婚，當晚就住在一起。

——節操呢？！BY：除夕。

——吃掉了。BY：祁謙。

於是，除夕默默的在心裡記下了新的投其所好的好辦法——學做飯。

午飯過後，祁家四人坐在客廳沙發的兩側，開了一次正經八百的談話，由祁謙開頭。

「你們倆接下來打算怎麼辦？」

祁避夏一愣，一看就是根本沒有想過這件事，「就、就是交往啊，還能幹嘛？」

很多羞羞的事情不能跟兒子講啊，好比上下問題什麼的，這個是需要夫夫關起門來自己研究的。他兒子怎麼突然一瞬間就這麼不純潔了呢？QAQ

「我會開始著手準備退役的事情，退役之後，短時間內還沒有辦法立刻投入到新的工作裡，但當球迷和媒體對我的熱情稍微降一些之後，我會嘗試用我這些年存下來的一部分錢進行個人風險投資，成功了就繼續做下去，失敗了……我還有我當年給大學同學創業開公司投資的股份，不愁沒有東山再起的機會。總之，我是不會讓自己破產的。」費爾南多道。

祁避夏這才發現不純潔的那個是他，無論是費爾南多還是他兒子，都在很正經的商量著未來，他打死也不承認他剛剛在想什麼。

「你早就計畫好了？」祁謙一愣。費爾南多這一看上去就是有備而來啊。

「說實話，也不全是為了避夏，還有一部分原因是我自己。」費爾南多是很認真的想過他以後的生活，只不過和祁避夏這次神奇的在一起，讓他把這個計畫提前了幾年。

據C國著名的資料統計公司的不完全統計，大部分體育明星在退役之後過得都不太盡如人意，因為並不是所有球星都適合當教練、自己開公司又或者是在仕途發展的，不過相同的是，他們大手大腳花錢的生活方式。於是退役之後，很快他們就會陷入入不敷出的窘境，宣布破產的昔日球星並不少。

最典型的例子就是蘇蹴當年還在青少年隊時，他所效忠的BX俱樂部的當家前鋒，當初那人的風頭一時無兩，很多年後人們總會用「連蘇蹴都要給他提鞋」來形容對方紅的程度。

但最後呢？這位狠狠羞辱過蘇蹴的前球星，現在靠修剪別人家的草坪生活。

蘇蹴倒是沒有對這位前輩心懷多少怨懟，又或者在對方落魄後怎麼落井下石，畢竟那人混得已經夠慘的了，蘇蹴覺得他實在是沒有那個必要再去和對方計較當年的一點小事。不過他記下了對方的境遇，並以此為戒，那也成為了他和米蘭達離婚時的根源所在。他真的很怕自己最後也會流落到和那位前輩一樣的境地，窮困潦倒，妻離子散。

不過，其實這些球星的破產也和球星個人性格有著很大的關係，好比大部分球員雖然都過得沒有以前風光，可稍微注意一下花錢的尺度，就不至於混得有多慘。畢竟他們的年薪曾經都是天價，是普通人奮鬥一輩子都賺不到的錢。

費爾南多這些年賺的錢足夠他後半生不工作，也能過上一個小富之家該有的生活，只要他找的對象不是祁避夏。

但他偏偏喜歡的就是祁避夏，他只能努力賺錢，才能養得起祁避夏這種敗家子。

「我不需要你養我！不對！應該是我養你！」

祁避夏這個人平時看上去挺蠢的，但在關鍵時刻還是很大男人主義的，在他看來費爾南多就是他老婆，雖然說他會為了他兒子而跟老婆簽訂一些協議，但那是在他死後，生前他要是連自己老婆都養不起的話，那他成什麼了？

而費爾南多剛巧也是這麼想的。祁避夏作為明星每日的花銷巨大，這對於還有著天價薪酬的費爾南多來說不是問題，可是以後就……

於是剛剛才確立了關係的兩個人就為了日後誰養誰的問題大戰了起來。

「你覺得他們倆誰會贏？」除夕在貼心的遞給祁謙一包瓜子之後問道。

祁謙嗑著瓜子，毫不猶豫道：「一對蠢蛋。無所謂啦，反正我現在的錢足夠養你們三個了，爭來爭去不過是個生活情趣。」

「三個？包括我？」除夕指了指自己。

祁謙認真的點了點頭，「我才十六歲，演員是一份沒有年齡限定的職業。再加上我之前賺的錢，還有裴安之留給我的，再奢華的生活我也負擔得起。」

「嗯，我等著你養我。」除夕笑了，和費爾南多比起來，他要沒有下限得多，他會覺得被阿謙這麼認真的說我會養你一輩子什麼的不能更幸福。當然，他也在心裡想著要更加努力的賺錢了，在阿謙缺錢的時候好默默幫他一把。

最後，祁避夏那對蠢蛋果然不出祁謙所料，很快就被別的話題吸引去了注意力，忘記了自己此前在爭吵什麼。

「你上過大學？」祁避夏以為球星和明星都是花瓶來著，只不過一個花在臉上，一個花在身體上。

「我其實是靠體育特招，之後在學校修了金融學的雙學位。」費爾南多謙虛的笑了笑。

「幾年畢業？」祁謙插嘴問道。

「……說來有點不好意思，五年……因為訓練和中途轉會來C國的原因，多修了一年才畢業。」

祁謙不著痕跡的鄙視了一眼祁避夏：人家費爾南多又要訓練，又要參加比賽，還在五年內就拿下了雙學位，你呢？整天閒得都能發霉了，大學卻拖到差點畢不了業。

祁避夏很明智的選擇了看不懂祁謙眼神裡的意思。

「不對！你為什麼要這麼快退役？三十歲對於前鋒來說也不算是一個太老的年紀，甚至可以說是當打之年，蘇蹴當年可是四十多歲才退役的，他雖然後來踢的是後衛，本身職業生涯就長，但你也不至於三十歲就退役啊！最主要的是兩年後就又是世界盃了，你為什麼不像別人那樣在世界盃之後再退役？Ｂ洲國家隊能同意？」祁避夏轉移話題的水準越來越高了。

「你也知道體育界的大環境，我既然和你交往了，我就不準備藏著掖著，讓你受委屈。而一旦我公布了，雖然球隊不會因此開除我，但我的隊友會覺得彆扭。」

費爾南多一直是個很為他人著想的性格，有時候想的多了，甚至會為難了自己。

「嗨，停一下，什麼叫委屈了我？」這種話一般只有他對他女友說好嗎？！祁避夏這才聽出了不對勁。

「呃……你別著急，我不是要逼你什麼，我知道我們現在才剛定下來，很多事情都很茫然，不知道未來的走向會如何。我們會不會一直在一起直至結婚，又或者結婚之後會不會離婚……這些都是未知數。我只是盡我所能的在我們在一起的時候給你最好的，我沒有要逼婚之類的意思，你千萬不要有壓力。如果我對未來的打算嚇到了你，我……」

「不，你對未來有打算我很開心，因為我是很認真的以結婚為前提在和你交往，但問題是不該讓你受委屈的那個是我啊，對外公布戀愛對象的也該是我！」

祁避夏是歌手，偶像歌手，雖然這些年因為祁謙而有所轉型，可他一說自己有交往的對象，還是會頻頻傳出有粉絲揚言要自殺的新聞。

「如果這對你的事業有影響，我不介意你不公布我們的戀情。真的，怎麼做對你是最有利的，我們就怎麼來。」費爾南多這才意識到祁避夏的敏感身分，演藝圈的明星和球星不一樣，球星只要踢好球，一般沒誰會管他晚上摟著誰，但演藝圈的明星就麻煩很多了。

「你不介意這件事情，我也不介意啊。但我也想為了你的事業好，最起碼撐過世界盃，我還想要你給我的免費套票呢。」

祁避夏自然是不缺那點免費套票的，他這麼說只是表明了一個態度。

然後，費爾南多和祁避夏就感動的抱在了一起，他們很願意為對方著想，也很高興對方會為了自己著想。愛情不是為了讓你要為對方受盡委屈，也不會讓你一直在愛情裡索求無度卻又從不付出。費爾南多和祁避夏都很慶幸，在這方面他們的愛情觀很像。

「雖然他們雞同鴨講，互相理解錯了對方的意思好幾次，但竟然能順利的談下來，並且達成一致……」祁謙不得不感慨戀愛的神奇之處。

除夕點點頭表示贊同：「這就是愛情的魅力。你是否也想來上一段呢？」他小心翼翼的試探道。

祁謙古怪的看著除夕，「2B250 沒有告訴你嗎？」

「告訴我什麼？」除夕一怔，「又或者我該知道什麼嗎？」

「α星人成年的標識，一是有五條尾巴，二則是擁有繁衍的能力。」

換句話說就是——還沒成年之前，不會有哪個α星人會想著繁衍這件事，也沒有那個能力去做成年人的愛情動作，自然也就不會產生什麼愛情。講究效率的α星人都是在成年之後才開始考慮戀愛問題。

「那我？？？」注定這輩子只有一條尾巴的除夕一臉懵傻。

×月○日 第二十一篇日記

緋聞，是福是禍

「你不會真信了吧？」祁謙看著一臉被驚嚇到幾乎當機的除夕，終於意識到自己的玩笑開得有點過火了。

除夕：「……只要你說的，我都信。」

這回輪到祁謙尷尬了，他趕忙解釋：「抱歉，我本來只是想和你開個玩笑。我總是分不清地球人開玩笑的尺度。你是半個α星人，記得嗎？有些部分會和α星人一樣，有些則保留了地球人的特性，好比成年的標識，你並不會像α星人那樣分明。其實你平時要是注意一下應該就能發現，你的『兄弟』還是能站起來的。」

「我騙你的。」除夕笑了起來。有沒有性衝動這種事情，他自己當然更清楚。

除夕深深的看了一眼祁謙，但是有衝動又能怎麼樣？決定他未來能不能「性」福的，從來都不是他自己，孤掌難鳴啊！如果祁謙這輩子都沒有這方面的想法，他只可能陪著祁謙一輩子。

祁謙懊惱了一聲，他就說他總是把握不住地球人開玩笑的尺度，無論是他和別人開，還是別人逗他玩。

當然，祁謙也把握不住地球人的「開放」程度。

「那邊的兩個，實在是難捨難分就去開個房間好嗎？！」

抱著抱著就親到一起去的費爾南多和祁避夏，立刻放開了彼此，尷尬異常。

◎◆◎◆◎◆◎

新曆四六四年，就在祁避夏和費爾南多這對「越來越像是兩個戀愛中毒的傻瓜」的戀愛過程裡走到了尾聲。

除夕夜，白家齊聚，這是傳統，哪怕再忙，也必須親自到場飽餐一頓餃子，吃完了才能去各幹各的。

祁避夏想藉此機會把費爾南多介紹給全家認識。

「會不會太快了一點？」費爾南多在臨行前忐忑不安的問道。

「你不也已經把我介紹給了你嬸嬸認識？」祁避夏反問。

「那、那不一樣。」費爾南多的父母都已經早早去世了，他在世的親人如今就只剩下住在B洲的嬸嬸一家，他當初發現自己喜歡上祁避夏之後，就在第一時間打電話向嬸嬸求助。事實上，很多他和祁避夏的感情交往，都是得益於他嬸嬸的建議。

「在我看來是一樣的！你的家人已經知道了我，沒道理我的家人還不知道你是誰！你不會是害怕見到我的家人吧？」

費爾南多一臉尷尬的點了點頭。他以前只從各大財經類報導以及慈善晚會上見過白家的人，知道他們是C國的世家貴族，他們永遠昂著頭，目不斜視、神情冷漠，一副生人勿近的模樣。那給費爾南多的感覺就像是他小時候透過窗明几淨的櫥窗看到高檔購物中心裡的奢侈品，它們彷彿全身上下都貼滿了「別摸，別看，別奢望，你一輩子都不會和我們有交集」的標籤。

「不只是我怕他們看不起我，我其實都不敢和他們說話。」今年年底再一次成為C國最具權威的《足球》雜誌上球員個人身價榜榜首的世界級球王是這樣說的。

「但是你已經和過去不一樣了，現在任何一間百貨公司裡的奢侈品你都買得起。你的身價甚至是很多小世家都比不上的。世家沒什麼了不起，他們也是人，也看電視，也有喜歡的體育運動。」祁避夏親了親費爾南多的臉頰，「嗨，看看我？世家裡也有我這樣的敗家子，你還怕什麼？」

——好強而有力的說辭。

當費爾南多來到白家祖宅之後，他終於理解了祁避夏的意思，他來之前大概真的想得有點多了。就像是很多人以前上學的時候考試沒考好，站在家門口踟躕猶豫，遲遲不肯進門一樣。嚇到自己的往往是想像，不是現實。

最起碼，白家人沒有費爾南多以為的那麼可怕。

費爾南多就像是個準女婿一樣，戰戰兢兢的提著禮物進門，頓時感覺一道殘影從自己身邊飛速而過，撲到了他身側祁謙的懷裡，小女孩清脆響亮的聲音響起：「祁謙哥哥，我想死你了。」

「徐森長樂，小名蛋糕，我外甥女的妻子的表外甥女。」祁避夏如是介紹。

費爾南多：「……三木水的女兒？我知道三木水，記得嗎？我們前不久才和你的朋友們一起吃了一頓飯。」

「噢，那就不用我介紹了。」

「謝謝。」

費爾南多握了握祁避夏的手，他知道祁避夏是故意這麼說好讓他放鬆下來的，叫來三木水一家，也是希望他能因為有幾個熟悉的人在場，而不覺得太過尷尬。

其實哪怕沒有三木水一家三口，費爾南多也很快就融入了白家。因為白家眾人對費爾南多的出現，表現出了十二萬分的熱情，甚至到了有點恐怖的地步，就差替費爾南多立個「恩公」的長生牌位在家裡了。

白家大姐的原話是：「祁避夏這小子終於肯因為某個人而安定下來了，我們瘋了才會阻止。母親泉下有知一定很欣慰。」

白家大姐的媽媽正是祁避夏的親姑姑。

「如果祁避夏敢欺負你，我第一個饒不了他。」白秋是這樣說的。

哪怕是看上去最為恐怖的移動冰山白老大，也和費爾南多就足球的問題聊了起來。白冬是個足球迷，名下不僅有一個頂級聯賽的俱樂部，同時在甲乙丙三個級別的聯賽裡也有一些不同俱樂部的股份，「LV市的三支俱樂部在這個賽季的表現都不錯。」

「嗯，我所在的DS在冬歇季開始之前僥倖暫居排行榜第一。」

「我有BX的股份。」

費爾南多和白冬同時開口道。同城三家足球俱樂部，基本上就是死敵德比不死不休的關係，特別是最近幾年，DS和BX爭奪的最凶。

費爾南多的內心已經悲傷逆流成河：天要亡我？好不容易漸入佳境的談話大概要毀了。

「我幾乎在S市工作，對LV市不太關心。」還是白冬主動說起了別的，這足以可見白家對祁避夏的婚姻大事擔心到了何種程度，哪怕是強勢如白冬都肯主動讓步。

「哦，我在S市也踢了很多年球。」費爾南多笑了，順杆爬上，跟著轉移了話題。

「我知道，我最喜歡的球隊……」

費爾南多眼神一亮，有門。

「……是你所在球隊的同城德比。你在的那些年，我們一次聯賽冠軍都沒拿到，而俱樂部盃，你所在的俱樂部還是三連冠。」

——又是一個死敵！為什麼我總是容易和白冬逆著來呢？！QAQ

費爾南多急得都快撓牆了。

「嘿，費爾，我記得你會包餃子。」除夕被耳聽八方的祁謙派來解圍了。

「是的，我會！」哪怕是不會他也會說他會！

「去洗手準備幫忙吧，阿謙他們只會吃，二爺爺告訴我說今年人手嚴重不足。」

雖然家規規定的是必須大家一起親自包餃子，但也是有空子可鑽的，好比幫忙擀了一張皮也算是親自動了手。今年白家的人格外的齊，連多年來神龍見首不見尾的白家老二白夏都到了，齊雲靜一家又帶來了三木水一家，白秋則叫來了他兒子白言和齊雲軒，吃東西的嘴有很多，會包餃子的人卻很少。

費爾南多可以說是迫不及待、奮不顧身的加入了包餃子大軍，結果他剛換上圍裙，就發現嚴肅臉的白冬也圍著一件粉紅色畫著小貓的圍裙加了進來。

祁謙在費爾南多頻頻失誤之後，終於看不過去拉他到一邊道：「不用擔心，你表現得很好，大伯很喜歡你。」

「我逆了他兩個球隊，他還能喜歡我？」費爾南多很想跟祁謙說別開玩笑了，他覺得白冬都快恨死他了。在球迷的世界裡，是真的存在那種因為兩家支持的是同城死敵，最終沒能結成婚的情況。

「大伯之前又不是不認識你，你接連逆了他兩個球隊，他還願意跟你聊，這已經擺明了他的意思了。」祁謙對悶騷的白冬還是很瞭解的。

費爾南多恍然。

「去包餃子吧，少年，不要胡思亂想。」

於是，費爾南多、白冬、白秋、三木水、除夕五個人就成了那晚包餃子的主力軍，至於其他人……他們正圍在客廳裡互相指責、推諉。

「身為女性不會做飯說得過去？」祁避夏和裴越共同的一句話拉開了戰局。

白安娜、齊雲靜、常戚戚以及蛋糕作為在場唯四的女性，沒有一個人的廚藝是能讓人下口的，她們齊齊理直氣壯的表示：「我做的飯你敢吃？」

「……」除非想被毒死，否則誰會找這個罪受！

「倒是你們，身為男人，就不能跟廚房裡那五個學學？」

白家是半開放式的廚房，在客廳裡就能看到廚房裡的一舉一動。

「我們家派了除夕和費爾當代表。」祁謙首先反駁道，「五個人包餃子的人裡，我們占了三分之一，要知道我們家總共才四口人。」

祁避夏狠狠點頭，兒子說得對。

「我爸爸是每年的主力軍。」白言開始追溯歷史。

「白冬和白秋可是我親兄弟，看名字就知道了。」白夏大言不慚的說著血緣關係。

「我可是我小叔的親姪子，裴熠則是我親姪子。」裴越學著白夏一起無恥道。

「我老婆不讓我幫忙。」森淼的語氣裡充滿了幽怨。

「如果你要是肯老老實實只包餃子，我就不會趕你出去了！不對，我們兩個誰是老婆，嗯？」三木水怒視客廳裡的森淼。

森淼：「我是你老婆！」簡直不能更沒節操。

「哦——」全家一起起鬨。

「祁謙，帶著你妹妹上樓複習去，期末考試考的那點分數我都不好意思說出來！」惱羞成怒的三木水爸爸立刻就找到了遷怒對象。

蛋糕正坐在一邊happy的吃黑森林，無端之禍從天而降，「我招誰惹誰了？！」

「寒假作業做完了嗎？！」常戚戚也跟著自己表弟一起督促。

「……晴九叔叔哪怕是死也要嗚不屈啊！他用生命寫文章，後人卻用它們來布置作業，這合適嗎？！」蛋糕嚎啕。

「說人話。」

「我不想全文背誦QAQ……還有什麼文章立意、中心思想！我覺得晴九叔叔當時寫的時候肯定沒我們國文老師想得多。」

作為國文課本裡需要全文背誦，並在期末考試考出來的文章原作者的直系親屬，蛋糕考的分數特別超出正常人的想像。

「妳想包餃子還是想唸書？」祁謙倒是很聽話的準備帶蛋糕上樓去複習了。

「除夕夜啊，你們讓我唸書？這是人幹的事嗎？！我、我想包餃子！」

不管蛋糕如何嚎啕，最終還是被迫和不想包餃子、更樂意監督她寫作業的祁謙上了樓。

終於能吃餃子的時候，蛋糕已經快要恨上「晴九」這兩個字了。

在每個人的碗裡，會有一個包了銅錢的特殊餡的餃子，這也是白家每年的規矩，誰吃到這個餃子，就說明這一年那人都會順順利利，被白家的列祖列宗庇佑。

今年吃到銅錢的是費爾南多，作為新加入的家庭成員，他在所有人的恭喜聲中，如釋重負的笑了起來。

「我記得，我第一年回家的時候也吃到了。」祁謙的記憶力總是特別好，他看著白秋問道：「你們不是故意的吧？」

白秋聳肩，對從小就人小鬼大的祁謙眨眨眼，「誰知道呢。」

在第二年除夕圍爐時，除夕也吃到了銅錢之後，祁謙基本上可以肯定了，這個吃銅錢的活動根本不是什麼祈福庇佑，只是為了歡迎家庭新成員。那年費爾南多和除夕都是同時第一次在家裡過新年，而費爾南多的不安程度明顯要比除夕高，所以才給了費爾南多，下一年就變成了除夕。

不得不說，這個安撫人心的小辦法是很見效的，費爾南多在那天之後，就已經不會再緊張了。不過，每當他所屬的球隊贏了白冬的俱樂部之後，他還是會不怎麼敢見到這個白家的掌舵人。

◎◆◎◆◎◆◎

新曆四六五年，祁謙十七歲，三木水和皇家電影公司聯合推出了完全脫離於原著劇本的以艾斯少將青年時期為主角的科幻電影，祁謙繼續扮演主角艾斯，然後憑藉在電影裡精湛而又高還原的演技，再一次獲得了小金人最佳男主角的提名，最終卻還是沒能獲獎。小金球也獲得了提名，依舊沒能獲獎。

三度與影帝失之交臂，祁謙乾脆很直白的把自己的微博名換成了「幸運E的祁謙」，並再一次登上了微博的熱門話題。

粉絲紛紛用各種方式表達了自己對祁謙的安慰。

在微信上，祁謙的損友們則紛紛發來賀電。一次，他們自然是要安慰的；兩次，他們也會覺得可惜；三次嘛……就只剩下好笑了。

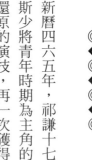

新曆四六六年，祁謙即將年滿十八歲，祁避夏開始秘密策劃兒子的盛大成年禮。

費爾南多則回到B洲緊鑼密鼓的備戰這一屆的世界盃。包括費爾南多的經紀人在內的大部分人，之前都已經得到了消息，費爾南多將會在世界盃上宣布退役，B洲國家隊的世界盃之旅能走多遠，費爾南多的職業生涯也就還能走多長。

費爾南多可以說是在他人生最頂峰的時候急流勇退，不少球迷都對此表達了惋惜之情。但無論如何，費爾南多還是堅持要退役，並表示會在退役之後說明原因。

齊雲靜則在四六四年和四六五年新舊交替的時候，和常戚戚一起強勢帶走了齊雲軒，用她的話來說就是熊孩子欠教育。

白言則依舊在C國混得有聲有色，祁謙也不知道白秋在想什麼。

除夕倒是知道白秋的打算，上一世他就經歷過，而這正是他這一世十分期待的，他喜歡他二爺爺的很大一部分原因就始自於此。不過他沒有告訴祁謙那是什麼，只說了：「反正很精采就對了，你等著看吧，提前劇透就沒有驚喜了。」

祁謙好奇心不重，也就沒再追問，只等著看結果。

恆耀那邊的十二個高層，至今都沒能找到殺害裴安之的「凶手」，對埃斯波西托家族方面的調查也是杳無音信，隨著時間的推移，繼任BOSS懸而未決，不少人的情緒都開始變得浮躁起來，甚至組織內部隱隱出現了分裂割據的局面。

除夕和祁謙對此完全不擔心，他們對裴安之很有信心，總覺得這一切應該都在裴安之的計畫之中。

祁謙此時正在拍攝第四部電影，他今年主要有兩個電影主角的拍攝工作，其中一個自然是艾斯少將這個不知道會拍幾集的系列電影的主角，另外一個則是他現在正在拍攝的《神筆達生的奇幻世界》。

祁謙在片中飾演的是一個叫達生的漫畫家，有一天達生發現他漫畫裡「可愛又迷人」的反派 BOSS 變成了現實生活中實實在在的人，二次元世界和三次元的次元牆被打破，兩個世界開始融合、重疊，年輕的反派 BOSS 透過漫畫看到自己的未來之後找上了達生，笑著敲響他家的門，禮貌的與他「商量」：「介意替我畫個好結局嗎？好比讓我征服世界什麼的。」

當達生發現他的畫筆已經左右不了 BOSS 的人生之後，他選擇了一個再簡單粗暴不過的解決辦法——換一個漫畫故事來畫。

然後，真正的「噩夢」開始了，BOSS 接踵而至，不斷融合的世界開始接二連三出現奇怪的狀況。

「這個片子也太賣腐了吧，剛剛一號 BOSS 給人的感覺都快親上你了好嗎？不過劇情很讚就是了，故事性好強，同居NP什麼的必須按讚！」來片場探班的蛋糕興奮的對祁謙如是說，「接下來是什麼？不跟反派HE我都不答應！」

「我怎麼記得妳今年已經是高三生了？」祁謙一邊接受化妝師的補妝，一邊道。

「是準高三，準！你旁邊那個吃貨才是真高三。」蛋糕指了指從進了片場嘴就沒停下，已經把他們帶給祁謙的起司蛋糕吃得只剩下一口的福爾斯。

「所以說你們兩個蹺課來找我幹什麼？等著挨揍嗎？」祁謙瞪了一眼他的兩個小夥伴。

「打孩子是絕對不可取的！」蛋糕雙手交叉，在自己胸前比了個X的手勢，「我小姨從網路上看到說，如果有人覺得狠狠揍一頓孩子，就能轉變他們錯誤的觀念和不上進的學習態度，那不如先把那人打一頓，看看他能不能先轉變這個認知。」

「……」祁謙無奈的想著，常戚戚怎麼總是能找到一些看上去真的挺有道理的「歪理邪說」？他又道：「別說廢話，你們到底來幹什麼？」

「請你吃飯。」

「找你幫忙。」

蛋糕和福爾斯一起回道，等他們聽清楚對方說了什麼之後，就先自己吵了起來。

「你這個白痴怎麼能這麼直接暴露本來目的？！」

「反正阿謙肯定能猜到，這樣彎來繞去的豈不是顯得很欲蓋彌彰？」

祁謙扶額，「現在說我不認識你們倆，晚嗎？」

「晚了！」異口同聲。

最終，祁謙還是和蛋糕以及福爾斯在片場中午休息的時候，坐到了附近環境清幽、很是隱蔽的西餐廳裡，開口：「在主動交代你們倆又闖了什麼禍之前，你們能先解決一下蛋糕背包裡一直在不斷發出噪音的那個東西嗎？」

從離開片場開始，蛋糕背包裡就一直傳來很細微的類似於嬰兒哭嚎的奇怪聲音，祁謙的耳朵很靈敏，別人未必會注意到，但在他聽來就很煩人了。

「這你也聽得到？我明明已經塞了那麼多棉花和泡棉了。」蛋糕無奈的從自己背包裡拿出一個模擬嬰兒。這是他們高二生物學的實驗作業，為期一週，兩人一組，分別充當這個模擬嬰兒的爸爸媽媽，他們需要餵它、抱著它、撫摸它，一刻不能離人，最可怕的是這個東西半夜會每隔兩小時醒來一次，折磨得蛋糕都快瘋了，「Oh，它就一點都不肯放過我嗎？！」

「我一直覺得女孩子在這方面應該會更有耐心和母愛。」福爾斯也經歷過高二生物課的噩夢，不得不說，這是每個人都要經歷的高二噩夢，也大大降低了C國近年來未成年生子的機率。

蛋糕隨意的把模擬嬰兒扔在桌上，「如果它是真的，我當然會有耐心，但明知道這是個假的，還要跟它說話，抱著它，不覺得太傻了嗎？我已經過了和洋娃娃玩扮家家酒的年紀了。我只需要等到和我一組的那個已經遲到快半個小時的白痴來接手它就可以解放了。」

「很難嗎？」祁謙看著那個在桌子上繼續啼哭的模擬嬰兒，試著抱到了自己懷裡，輕輕的拍了拍它的背，再於臂彎裡晃了晃，惱人的糟心聲音至此終結。

蛋糕和福爾斯一起道：「=口=不是人！這也行？！」哪怕是學霸也沒這麼逼死人的啊！當初福爾斯還找了家裡的保姆幫忙才過得了關。蛋糕就更狠了，一直都無視她的模擬嬰兒，用很多棉花和泡棉堵住了它的發聲部位，然後把模擬嬰兒塞進自己的背包裡，假裝聲音不存在，也假裝這個東西不存在。

「妳知道這個模擬嬰兒裡頭是裝有記憶晶片的嗎？晶片終端的電腦會如實記錄下妳一週的一言一行，老師則會根據那個給出評分。如果妳不及格……」

「那就意味著我要忍受這個怪獸又一個星期！獨自！上帝！是誰發明了這該死的智慧系統！」

「妳爸爸。」祁謙毫不留情的說出了真相。

森淼和他的團隊自主研發了全息網遊《法爾瑞斯 online》，以及智商和情商已經很類似於真人的人工智慧主腦，由這個主腦又誕生了很多更接近電影裡的高科技，好比蛋糕此時手上的模擬嬰兒。

「對啊，我怎麼沒想到！太棒了！」蛋糕大大的眼睛變得亮極了。

「妳被虐得詞不達意了嗎？」福爾斯小心翼翼的問道。

「不，我是說我可以回家讓主腦幫我修改一下嬰兒的晶片內容，那對它來說手到擒來，而且它一向很樂意幫我做這些。好比篡改考試成績。」

「……妳說什麼？」祁謙看向蛋糕。

「我什麼都沒說過！」蛋糕捂住自己的嘴，暗暗在心裡罵自己，明明已經保守了這麼長時間的秘密了，怎麼能在這裡功虧一簣！

「妳篡改成績的時候為什麼不一起想想我！」福爾斯幾乎都快咆哮了。

「因為你要是改成績，肯定會改得很誇張，那豈不是一下子都暴露了？我還指望主腦一直幫我混到大學呢！」

「如果妳每次拿回家的成績已經是修改過的，那妳本身考的是有多慘？」祁謙無語。

「我真的盡力了QAQ……祁謙哥哥，你也看到了，每次我都有找你辛苦的補習，你讓我做的習題我也都做了，可考試還是不及格。」蛋糕哭得可憐極了。

這小丫頭什麼都好，就是腦子笨了點，從小課業就不行，怎麼努力都不見效果。

「還好妳長得漂亮，而我和你爸爸的唯一繼承人只有妳。」三木水和森淼曾這麼安慰自家女兒。

「那妳考大學怎麼辦？妳總不能那時候也靠這個吧？」

「我倒是想。但是主腦說它沒辦法，就像是我一開始想找它幫忙把試卷提前偷出來它也沒辦法一樣，它最多能做的就是篡改網路上發給家長的成績單。」蛋糕沮喪極了。

「這也是我們來找你的主要原因。」福爾斯決定幫蛋糕轉移話題。

「嗯？」祁謙表示，即便他的光腦能做到這些，他還是不會幫他們作弊的，最主要的是現在的大學考試不像是平時學校裡那樣全部都是上機測試，還有筆試試卷的存檔，網路上篡改成績很容易就會被發現。

「我知道我和蛋糕的成績不夠好，但ＬＶ市的大學也會根據不同的特長和志願者的工作經歷進行特招，你能幫我們開具一份我們當過你的助理，同時也在世界盃上當過志願者的證明嗎？」

ＬＶ市前幾名的大學大部分都是私立的，而私立大學很多都是以盈利為目的，換句話說就是他們總要巧立合理合法的名目招收能帶來大量學費的富人子弟。

「為什麼不找你們爸媽？」

福爾斯的爸爸是前球王蘇蹴，Ｃ國有史以來最傑出的球員之一，雖然已經退役有些年頭了，但開個世界盃志願者的相關證明還是不在話下。而蛋糕的爸爸之一是三木水，想必會有不少當紅明星爭著替他們開這個證明，想寫成什麼樣都沒問題。

「實話？」福爾斯圓圓的臉都快皺成包子了。

祁謙一邊繼續拍哄著蛋糕的生物課作業，一邊沉默的看著福爾斯，這畫面……實在是太驚奇，要不是現在時間不對，蛋糕覺得她肯定會笑場。

「總覺得繼續靠爸媽很丟臉的樣子。」如果沒有祁謙作為對照物，福爾斯肯定不會生出這樣的想法，但跟祁謙一比，自己就是個渣啊渣，「學費我們靠的已經是父母當年為我們辦的信託基金，入學的事情無論如何都想自己試試看。其實找你幫忙，我也會覺得自己很不爭氣。我覺得路易罵得對，我實在是太沒用了。」

福爾斯在父母複合之後，再一次找上了他的初戀路易，那個唯一不會因為他肥胖的體型而嫌棄他、嘲笑他的人。

福爾斯倒是沒想著複合什麼的，只是道了歉：「我當時表現的就像是個混蛋。」

當年福爾斯和路易吵架分手的那天，剛好是路易的生日，無論如何，福爾斯總覺得自己不該毀了路易的生日，還是在他的生日派對上，多等一天又不會死。

路易接受了福爾斯的道歉，「我理解你父母離婚對你造成的壓力，我只是不理解你為什麼還會和祁謙混在一起。」

「也許當初我說得太急，沒有表達清楚自己的意思，如今你我重新坐在一起，我希望你能冷靜的想想我的話。不是祁謙不好，而是他太好了，就好像沒有什麼是他不會的、是他做不到的，他太耀眼了，那光芒遮擋住了你全部的優點。而你也會因此對他越來越依賴，沒有辦法獨立自主。」

「看看他如今的成就，再看看你，還有那個徐森長樂。你還不明白嗎？」

「有時候不是故意帶給了你負面影響的人，才叫糟糕的朋友，像祁謙這種『無意識的會讓身邊的人都覺得自己理所當然比不上他，自己怎麼努力也沒用』的過於優秀的類型，在你不夠自信和優秀的時候，最好也不要深交。他會毀了你的。」

路易一股腦的說了很多，這些都是當年他就想說給福爾斯聽的，只可惜他沒來得及說，福爾斯就把他罵了個狗血淋頭，然後揚長而去。

「我理解你的意思，但是你卻沒有完全理解過我這個人。」福爾斯是這樣平靜的對路易說的。

「我沒有說你會嫉妒祁謙，我知道你的性格很好，但我要說的是……」

「你害怕我因為長時間在祁謙身邊而徹底失去信心，不思進取，一味依賴。」福爾斯對路易認真道，「我記得以前在幼稚園時你和祁謙是同班同學，但後來關係卻變淡了。」

「是的，我真正接觸過他，很明白待在他身邊會對自己造成多大的壓力。他會讓人不自覺的就自卑起來，帶給我很不好的心理影響，我甚至為此去看過很長一段時間的心理醫生。你相信我，我是在用我的經驗為你好……」

「但這是你個人的想法，不是我的！」福爾斯打斷路易的話，「在這個社會上你想要成功，靠的不是別人的離開和施捨，你需要的是自己去爭取。既然覺得會因為祁謙的優秀而自慚形穢，那為什麼不想辦法讓自己變得更優秀，好不去這麼覺得呢？只會一味責怪對方太優秀，未免也太無理取鬧和神邏輯了。你也有你的優點，是阿謙所沒有的，只是你自己蒙蔽了自己的眼睛。」

「那麼你呢？有著如此高尚想法的你，為什麼如今會混得這麼慘？」路易冷笑的看著福爾斯，「現在你父母也複合了，你又能找到什麼理由來當你不學無術的藉口？」

福爾斯以前一直沒覺得自己現在這個樣子有什麼不好，直至在和路易不歡而散的那次談話裡，他才知道原來他在別人眼中是如此的不堪，特別是那個看不起他的人還是過去無論他是什麼樣都喜歡的初戀。

福爾斯在被狠狠的傷了自尊心的同時，也開始正視自己，看著鏡中身材走樣的自己，他發現自己還真是身無長物，如果不是父母的名氣和財富，他大概會是個徹徹底底的 loser。

「你很好，才不是什麼 loser！」蛋糕不知道福爾斯和路易還有這麼一段，只知道福爾斯最近突然對上大學的事情開始上心，前前後後都是在自己跑，如果不是實在是遇到檻邁不過去，他肯定都不會來找祁謙幫忙。

「我知道，但別人不知道，而我想我的父母以我為傲。」福爾斯認真道。

「我不想我明年高三的時候像福爾斯這樣，想努力都覺得晚了。」蛋糕也實話實說。

「什麼時候想努力都不晚。我可以幫忙開證明給你們。」祁謙鬆口了，他還可以找費爾南多幫忙開世界盃和奧運會志願者的證明，「但我有個要求。」

「無論什麼我們都答應你！」

於是，從那天開始的每個週末，祁謙的助理團隊就多了兩個未成年的助理。祁謙表示，既然要開證明，那就實打實來做，福爾斯大考在即可以先開證明後補上工作，蛋糕正好還有一年，什麼都不耽誤。

蛋糕懷揣著滿腔的激情，卻在第一天觸礁，被現實打擊得體無完膚。

「祁謙哥哥，助理也要起得這麼早嗎？」蛋糕睏得基本上都睜不開眼睛了。以前C國還有學校週末補課一說，現在這種陽奉陰違的做法已經被徹底取締了，被教育部發現的話是要罰款的，哪怕是高三生也只能一週上五天課，週末留下了足夠的課餘生活時間。蛋糕每個週末都要睡覺睡到自然醒，如今卻是天才矇矇亮就必須起床了。

「妳應該慶幸妳只需要來我家報到，我的助理小周還要開車去買特調的現煮咖啡。」助理的工作其實等同於保姆，甚至比保姆還要繁瑣。

「你這不是在故意折騰他們嘛！明明家裡就有咖啡機。」蛋糕第一次開始關心起祁謙身邊助理的死活，說得特別感同身受，就差代表月亮消滅祁謙這個剝削階級了，「助理也是需要人權和休息的！」

「曾經因為突然想吃芙蓉祥的珍妃魚糕，大半夜把我和小周都叫起來，之後讓小周去買的人沒有資格這麼說。」

「那是因為當時我和福爾斯去外地探你的班，家裡的保姆沒有跟著我，我又遇到特殊情況……」女性每個月總有那麼幾天老愛耍任性。

「妳也知道是在外地？小周搭飛機回來LV市替妳買，第二天早上送給妳，妳卻又不想吃了！」

「……對不起。」不自己經歷一次，人們總是很難理解別人的難處。

「別跟我道歉，到時候向帶妳和福爾斯的小周道歉吧。」祁謙涼涼的一語，當時要不是看蛋糕身體情況特殊，他真的會發火。

「那我豈不是死定了！」蛋糕已經預感到了自己會被穿小鞋的未來。

「嫌苦妳可以不幹。」祁謙早就做好了這兩個大小姐大少爺會知難而退的心理準備，甚至是帶著點故意折騰他們的意思，看看他們是不是真的打算放下架子幹點什麼。

「才不要！冤家宜解不宜結，既然當初是我過分，那我自然也要有承受的能力！」

蛋糕就是這點好，勇於承擔自己的錯誤。

然後，福爾斯就和買來咖啡的小周一起敲響了祁謙家的門。

「我今天去認認路，以後週末這個工作就由我來做吧。」

實習，主要學習的其實是一種人際交往，讓待在象牙塔裡愛想當然的學生明白現實的殘酷，有決心卻不代表真的能面對現實中的困難。任何工作都是不容易的，想有一份好看的大學報考資料，自然也要付出辛苦。福爾斯已經做好了被刁難的準備，蛋糕卻還有些懵懂。

◎◆◎◆◎◆◎

週一一大早，祁謙發現他再一次上報了，因為疑似未婚生子。

「維耶還真是不遺餘力的跟我過不去。」祁謙看著報紙上自己在咖啡廳裡抱著蛋糕生物課作業的照片，哭笑不得的對除夕道。

報紙上的照片，角度照得很巧妙，只拍到了咖啡廳的一半，祁謙和襁褓裡露出了一點頭髮的模擬嬰兒，以及蛋糕一側的裙角，讓人清楚的知道這是祁謙和一個年輕的女性以及孩子坐在咖啡廳的畫面。再配上一些週末時蛋糕在當助理期間與祁謙同進同出的模糊側影，蛋糕的臉都被巧妙的遮擋住了，媒體只需要簡單的渲染，就能讓人浮想聯翩。

連祁避夏都信了祁謙這是玩出了「人」命，不過他倒是對此挺喜聞樂見的：「是孫子還是孫女？費爾，我要當爺爺啦，你說孩子叫什麼好呢？」

「……爸，冷靜一點！那是假的！」

「照片是合成的？」祁避夏一臉失望，「怎麼能合成的那麼像……」

「照片是真的，但我懷裡抱著的不是嬰兒，是蛋糕的生物課作業。那張照片裡疑似我孩子他媽的女孩就是蛋糕。蛋糕想要在高三申請大學的時候多一些漂亮的履歷，其中之一就是當我的助理。記得嗎？我前段時間還特意請費爾幫忙在今年世界盃替他們倆弄了個志願者的工作，以及偽造上屆世界盃和奧運會的工作證明。」

最後那個偽造電腦記錄自然靠的還是2B250，紙本檔案文件則只能請費爾南多想辦法幫忙操作，蛋糕和福爾斯也真的會參加，不過因為時間問題，只能先開證明後工作了。

「不要看了，真的沒有孫子！」祁謙怒視著賊心不死的祁避夏。

「我才意識到，謙寶你真的該早點生孩子，要不爸爸就老了。如果是現在有的話，我才三十初頭，孩子將來成年了我也還不到五十歲！多棒啊！」

「……」你真是想太多了！作為外星人的我怎麼和地球人生孩子啊！
「所以說，如果有可能還是想要孩子，對嗎？」除夕私下裡問祁謙。
「祁避夏想要。」祁謙總是很難拒絕祁避夏的奇思妙想。
除夕也總是很難拒絕祁謙的想法。
但是孩子，怎麼才能有個孩子呢？

祁謙面對如狼似虎的媒體以及他們搞出來的未婚生子風波，他的反應就是沒有反應，照常每天早上外出開工演戲，晚上回家看動漫，在週末不定時圍觀福爾斯和蛋糕被小周虐，看著他們被指使的團團轉。這一次祁謙是抱著極大的樂趣在這麼做的。
「如果沒有你們兩個，我現在也就不會陷在這個麻煩裡了！」
每當福爾斯和蛋糕跟祁謙抱怨的時候，祁謙總會這麼說。然後福爾斯和蛋糕就會因為愧疚而閉嘴，屢試不爽。
半個月後，終於有「勇士」記者殺出重圍，採訪到了一向在拍戲階段就很難採訪到的祁謙：「您知道最近這半個月以來傳得沸沸揚揚的有關於您未婚生子的新聞嗎？」
「不知道。」特別乾脆。
「……」這麼理直氣壯的撒謊沒問題嗎？社會菜鳥、對「敵」經驗不夠豐富的小記者就這樣開始了跟著祁謙思路走的採訪，他問：「怎麼會不知道呢？您平時都不看報紙的嗎？」
「以免分心，我工作的時候很少關注娛樂。」祁謙對待演戲的認真態度在圈子裡是有目共睹的。

「微博呢？」小記者記得昨天祁謙還在他的微博上發表了動態來著。

「上啊。」祁謙點點頭，就好像全然不知道小記者的暗示似的。

「那就沒有發現什麼？」小記者只能硬著頭皮繼續追問，他們是記者，不是行刑逼供，只能一點點的「啟發」被採訪人員，爭取做到刨根問底。

祁謙還是搖搖頭，「完全沒有。」

在「幸運E的祁謙」這個微博上，祁謙關注的人少之又少，幾乎都是圈內跟他關係很好的明星，好比祁避夏、裴越、陳煜以及影帝謝忱等人。明星們一般不是在微博上曬食物，就是曬自己，又或者關心公益、轉發愛心接力什麼的，從來不會有誰會傻到轉發捕風捉影的娛樂新聞，徒惹來一身麻煩。身為祁謙的親友，他們自然更不會轉發什麼祁謙疑似未婚生子的新聞，祁謙也就刷不到什麼。

「哪怕是粉絲的留言和標注？」小記者怎麼都不肯相信。

祁謙大大方方的打開自己手機的螢幕給記者看，「你是說這個？」

粉絲的留言裡「我殿我想給你生孩子」的跟帖和標注比比皆是。

「……」

「我以為你是來詢問我有關於新片的。」沒錯，這位勇者記者能爭取到五分鐘採訪祁謙的機會，打的就是想要採訪祁謙有關於他正在拍攝的新片的幌子。

「是的，新片……」

「嘿，祁謙哥哥，你的可樂。」助理蛋糕替祁謙送來了他要的飲料，「這已經是你的第二杯了，注意攝取量，否則我會跟祁叔叔打你小報告的！」

「彼此彼此。妳的作業補考及格了嗎？我也不介意跟徐叔叔打小報告。」

「徐森長樂！」採訪祁謙的小記者不愧是「千挑萬選」被送進來的人，雖然年輕，但業務熟練，最起碼徐森長樂這種很冷門的，最近一次在媒體面前露臉還是幾年前《因為我們是一家人》的十週年特輯，但和演藝圈絕對關係匪淺的關鍵人物，只需要想一下就能立刻猜到對方的身分。

「是我，你是？」蛋糕疑惑的看向年輕的記者先生。

「我是《蘋果派》的記者，正在採訪祁謙先生的新片。妳是來探班的嗎？」稍微瞭解祁謙一點的人就知道，三木水的女兒徐森長樂是祁謙為數不多的好友之一，他們的友誼還是在全國觀眾的注視下一步步建立起來的，大家都衷心的期望這對青梅竹馬能一直友好下去，就像是看一部永遠不會結束的真人電視劇。

「不是。」蛋糕一副看上去心無城府，很好說話——很好騙——的樣子，「我來當祁謙哥哥的助理，豐富我未來報考大學時的簡歷，準高三生的苦惱。」

「知道自己是準高三生就努力一點。」祁謙道，「那麼簡單的作業都能不及格。」

「我不是又補做了嘛，你不能總是揪著人家的過去不放啊！再說了，那個照顧模擬嬰兒的作業真的很難，不信你問記者先生，你上學的時候做過那個生物作業嗎？就是一週時間照顧模擬嬰兒的。是不是很難？來評評理嘛。」

「記憶猶新。」大學畢業沒幾年的小記者感同身受的點點頭，他算是最早一批在生物課作業裡用上智慧模擬嬰兒的學生，「我們當時不是一週，是半個月。」

「那麼簡單的事情。」祁謙對蛋糕道，「不要隨便找藉口，人家記者先生只是為了不讓妳覺得難堪才附和妳的。要不然怎麼嬰兒到了我手上就那麼聽話？明明很容易，妳就是不用心。好了，快忙去吧，別在這給我搗亂。」

「一點朋友愛都沒有！」蛋糕和祁謙鬥嘴鬥得不亦樂乎。

「沒有朋友愛？我讓妳這個總愛丟三落四的傢伙來當我的助理還不夠意思？妳以為我會願意請妳這樣笨手笨腳的助理嗎？還愛隨時跟我爸爸打小報告！」

最後一點才是關鍵吧。基本上被無視了的小記者在心裡默默吐槽道。

等蛋糕氣呼呼的離開之後，祁謙才再一次恢復了他一開始的表情，「那麼，我們剛剛說到哪裡了？」

等小記者中規中矩的採訪結束之後，他果然在祁謙的房車外面找到了等在那裡的蛋糕。

「妳剛剛是故意進去打斷我們的吧？」小記者對蛋糕道。

蛋糕尷尬的笑了笑，羞紅了一張青春靚麗的白皙臉龐，「被你看出來了啊，抱歉，我真的不知道該怎麼辦了，祁謙哥哥新聞的事情我已經知道了，為了不讓他分心，現在全家都在瞞著他。那篇報導完全就是胡說八道，故意歪曲事實！我對演藝圈不是很瞭解，不知道該找誰才能還原真相，又不敢去找我爸爸……」

聽著蛋糕用柔柔的聲音抱怨，小記者覺得骨頭都快酥了一半，對於萌妹子他總是很難豎起有效的防禦工事，不自覺道：「也許我可以幫忙。」

「真的嗎？」蛋糕的眼神一亮，「你願意幫我？」

「只要妳告訴我發生了什麼事。」被一個小美女用信賴佩服的眼神看著，是個人都會產生一點飄飄然的想法。

蛋糕把始末說完之後，還從自己的手機裡調出照片給小記者看，「你能幫忙嗎？」

「我會的，這是我身為記者的責任，但妳也需要把這件事情告訴家裡的大人。妳不可能瞞著他們一輩子。如果讓家人真的誤會祁謙有什麼，就更不好了，對吧？」

「可是我害怕，我爸爸一定會很生氣。」

「那妳就想讓妳的朋友受到這些汙衊？」

「……不想。你說得對，你真是個好人，我會去告訴我爸爸的，也會說起你，謝謝你的幫助，你的名字是？」總是要給別人一些甜棗，才會讓人更賣力的幫忙，蛋糕想著，在三木水面前露臉被感激，一定會有不少人想要抓住這個機會的。

「辛文。」小記者道。

「新文？好適合你職業的名字。」

「是嗎……」小年輕羞紅了一張臉，「大家都這麼說。那，一定要和妳爸爸談談啊，他會諒解妳的。」

「好。如果我能逃過此劫，以後你採訪誰採訪不到就來找我，我幫你想辦法。」

「不用、不用，我幫妳，不是為了這個。」小記者連連擺手。

「我知道，你是好人。」

說完蛋糕就離開了，徒留小年輕愣在原地，紅了一張臉。

「搞定！」蛋糕回到祁謙的房車裡如是說。

白家在新聞界沒什麼子公司，雖然各大傳媒不可能不給白家和白齊娛樂面子，但也不是什麼新聞他們都願意不斷的壓下去的。和白家、白齊娛樂相熟的幾家權威媒體不落井下石，就已經是情分了。特別是事關祁謙這種能增加很恐怖銷售量的新聞，總有人會鋌而走險。

於是阿羅給出了新的解決辦法——堵不如疏。

等這件事情被主要幾家敵對的報紙炒作得沸沸揚揚之後，再給出真相，不僅能讓銷量和流量再創新高，還能幫助己方沒有怎麼跟風大肆報導祁謙未婚生子新聞的報社，狠狠打對手報社的臉，既有錢賺又能打擊競爭對手，這樣的互惠互利才是雙方都能接受並皆大歡喜的。順便還能炒一下祁謙的新電影。

而如何能顯得不刻意解釋，這個就用到了蛋糕。

「我的演技還是不錯的吧？說真的，祁謙哥哥，你覺得我將來當演員怎麼樣？我最近也在考慮我未來的職業，我覺得或許演技會成為我為數不多的技能。」

「妳可以試試。」祁謙沒有直接反對，也沒有特別贊同，只是給了蛋糕一個機會，「劇組裡剛好有個龍套角色，要試試嗎？」

「好啊、好啊！」

很快，蛋糕就打消了她的演員夢，因為她記不住臺詞，也學不會在鏡頭前的正確走位。哪怕是小龍套角色，也被導演嚴正罵了好幾次，要不是看在男主角祁謙的面子上，嚴正大概都不會讓她演。蛋糕的眼眶裡淚水來回打了好幾次轉，最終雖然堅持的沒哭出來，但她自己卻也是歇了當演員的心思。

而祁謙未婚生子的風波也終於在小記者的「正義」伸張下，被澄清了不過是一場烏龍，有蛋糕的照片作證。

白家不能堵住媒體不讓發新聞，卻能在不同的新聞出來之後，稍稍改變一下大眾評論的風向。好比這次的烏龍事件之後，網路上就有不少人紛紛感慨「男神就是男神，學霸就是學霸，哪怕是完成生物課作業都能這麼專業！」、「我殿抱嬰兒的動作好溫柔，將來肯定是個好爸爸，殿下來和我生孩子吧！」風向再一次回到了想和祁謙生孩子上面。

這次的風波沒對祁謙造成多惡劣的影響，反倒是幫他免費宣傳了新電影，還打擊了一些維耶手下的報社雜誌。他們不實的報導，被口誅筆伐了很久，甚至被指責為娛樂媒體形象的罪人，狗仔隊的形象不斷下滑，就是因為他們這些總是把新聞當小說來寫的不敬業報社。

在事後的採訪裡也有很多人樂意問祁謙：「當初搞出這個烏龍的時候你是怎麼想的？」

「我是在事後才知道我被『未婚生子』的，那些天我家裡人和身邊的朋友都沒告訴我。等我知道的時候，誤會已經澄清了，感覺挺新奇的吧。只想說，如果我真的有了孩子，我絕對不會藏著掖著讓他受委屈，就像我爸爸曾經對我做的那樣。也許他在別人看來有這樣那樣的缺點，但在我來看他卻是個足夠合格的好爸爸，有錯誤就承擔，有責任也絕不推脫。」

趁勢，祁避夏的形象還得到了一個小小的扭轉。這些年，祁避夏的形象其實一直都在被潛移默化的緩解著，褪去了過去那個不懂事而又囂張的青澀形象，大部分人提起祁避夏的時候，第一反應總會是他有個很不錯的兒子祁謙。

影響是相互的，在別人因為祁避夏而對祁謙總是保持懷疑的時候，自然會有人因為祁謙而覺得祁避夏也是個不錯的人。

×月○日　第二十二篇日記

我要感謝維耶

《神筆達生的奇幻世界》因為祁謙烏龍的未婚生子風波，在還沒有上映前就受到了不小的關注和期待。

這是祁謙第一部沒有和三木水又或者是月沉這樣的名家合作的作品，《神筆達生》的導演和編劇是一對兄弟——嚴正和嚴義。雖然他們都已經不是圈內新人，卻也沒有過什麼大紅大紫的作品，基本上屬於在圈內有些名氣、但普通觀眾卻聽都沒聽過、一直掙扎在溫飽線上的情況。

劇組能請來祁謙當主角，還是因為當編劇的弟弟嚴義和大神三木水在網路上有些交情，生磨硬泡，在三木水的劇組外面和當導演的哥哥嚴正守株待兔等候祁謙，蹲點了十天才終於攔下了……探班的除夕。

除夕上輩子不怎麼關注演藝圈，什麼這個導演那個編劇的全都一概不認識，但是他卻聽過《神筆達生》的片名。作為總投資不過百萬卻逆襲一億的票房傳奇，除夕是在一次飯局上聽人說的——翻了一百倍的利潤，前期表現平平，卻在上映第十一週以七千萬的票房異軍突起，最後活生生在總投資數後面加了兩個零，幫助嚴正加入了票房過億的導演之列，並一舉拿下了那年最佳影片和最佳導演這兩個重獎。

除夕不知道上輩子演出這部電影的男演員和投資方是誰，但他知道這一次男主角會是祁謙，而獨立的投資方將會是他——不是他的公司，就是他個人。剛好裴安之留給他的錢還在銀行裡閒著，也是時候流通流通了。

不過，除夕沒有跟祁謙說上輩子的事，只說了他很看好這部電影的劇本，有新意、有內容，很適合轉變祁謙被艾斯少將固定的螢幕冰山形象。

「而且嚴氏兄弟那麼有誠意……」

「好。」不等除夕再想辦法編理由，祁謙想也沒想的就答應了，只因為推薦人是除夕。

阿羅和祁避夏本來是不太看好這件事情的，特別是祁避夏。他緊張道：「兒子你怎麼能忘記爸爸的前車之鑑呢？爸爸當年噩夢的開始就是轉型失敗啊，這可不是兒戲！」

「我信除夕。」祁謙自始至終都不肯鬆口，翻來覆去只有這一句話。

祁避夏都恨不得去和除夕拚命了，但最終還是拗不過兒子，妥協了，只是私下裡警告除夕說：「如果失敗，我會讓你好看。」

「我是絕對不會傷害阿謙的。」除夕這樣保證道，並用事實證明他的正確性。

這一次因為有祁謙和他前期生子緋聞的宣傳，《神筆達生》上映後首週票房要比平淡無奇的上輩子好了太多，不少人——無論是不是祁謙的粉絲——進電影院的初衷，衝著的都是祁謙的名頭。媒體和影評人也都在翹首期待祁謙在這部可以說是徹底脫離了父輩蒙蔭的獨立電影中的表現，他到底是真有本事，還是又一個沾光的李維我，在這次電影之後自見分曉。

最後，《神筆達生》的票房和網路評鑑高達九分的平均分作為了強而有力的回答。

祁謙即便沒有父親和父親的大神朋友們的光環籠罩，依舊是個出類拔萃的當紅實力派演員。而從電影院走出來的觀眾，談論的話題也不僅僅局限於祁謙身上，他們開始關注電影本身、關注祁謙的角色達生、關注這個腦洞過大的奇幻世界。

前期靠明星，後期靠口碑，《神筆達生》實實在在的表現出了什麼叫演藝圈經典影片的活範例。

《神筆達生》有如神助的票房，讓嚴氏兄弟都快想把祁謙供起來了，他們堅信當年B洲世界盃流行的「轉祁謙帶好運」的說法絕對不是什麼空穴來風。因為祁謙，他們得到了他們一直在求爺爺告奶奶也沒能拿下的百萬贊助；因為祁謙，他們的影片在還沒上映前得到了免費的宣傳和關注；最後還是因為祁謙，他們終於迎來了苦盡甘來的今日。

嚴氏兄弟一舉成名，在這個慣來踩高捧低的演藝圈裡終於挺直了腰桿，當昔日看不起他們的人巴結上來時，他們的回答是十分統一的「呵呵」。

兄弟倆愛恨分明，對待昔日「仇敵」殘酷，卻也不會翻臉不認過去的恩人，他們先後無數次的握著祁謙和除夕的手表示：「以後一定要繼續合作啊！」

已經在耍賴中嚐到甜頭的弟弟甚至表示：「你們不同意我就繼續蹭點刷你們。」

「……」又不是遊戲裡的BOSS。祁謙想著，這對兄弟有才是有才，但腦子太脫線，「如果你們有能適合我和我爸爸一起演的好劇本，我肯定演。」

哪怕是沒有，兄弟倆覺得他們也可以專門為祁避夏父子量身打造一部出來。

「那就這麼說定了，騙人的是小狗！」哥哥忙不迭的再次想要套牢祁謙、除夕。

「……」

在《神筆達生》於各個娛樂節目進行宣傳的時候，有人問了祁謙一個問題：「這部電影你最想感謝誰？」

「維耶。」祁謙笑得挑釁極了。

什麼叫搬起石頭砸自己的腳，這個就是。

如果不是維耶，也不會造成如今全球對《神筆達生》的熱烈關注。本來導演嚴正的打算只是藉著白齊娛樂的能量，在國內幾家電影院的院線上映而已，結果經過維耶這麼一鬧，他們改成了全球上映。票房持續飆紅，比除夕記憶裡上輩子翻的利潤還可觀。

除夕表示這比提心吊膽的犯罪暴利多了，還合理合法。連裴安之的十二高層都有人眼饞除夕這次的買賣，想著不愧是裴爺的種，雖然性格不夠狠辣，但賺錢的眼光還是很犀利的。

祁謙則毫不吝嗇在這種時候透過電視給維耶添堵，他敢肯定維耶也在關注著他，於是對著鏡頭笑得越發燦爛起來。

刷祁謙已經成為了維耶的日常，逗維耶又何嘗不是祁謙打發無聊時間的手段？

在絕對的力量面前，祁謙根本不屑維耶的任何小手段，一力降十會，就像是雄獅不會為了狗吠而回頭一樣，他隨時都可以弄死維耶，也就無所謂維耶搞不搞小動作了。祁謙之所以一直沒有出手，不過是因為除夕想自己來報這個仇。

不過那些都是以後的事情了，在電影還在開拍的現階段，祁謙需要犯愁的是如何寓教於樂，讓他的助理蛋糕和福爾斯能順便在週末學點知識。

以前臨時抱佛腳的弊端終於出現了，福爾斯和蛋糕的學業基礎太薄弱，特別是在還差幾個月就要大考的此時此刻，面對福爾斯，祁謙真的會有一種無力回天的感覺，但祁謙還是堅稱：「能補一點是一點，考高一分是一分。」

也許從六百補到六百五會難得超出想像，但從一百補到三百……還是很容易的。

ＬＶ市的招生錄取分數線本來就比別的城市低，再加上最後福爾斯走的特招路線，在世界盃還沒有開始之前，福爾斯還是拿到了一個足夠靠自己實力進入ＬＶ市皇家電影學院的分數。和高考分的別人比，自然還是很慘澹的，但福爾斯已經盡了他最大的努力，連他父母都沒想到他竟然能考這麼高。

「實在是太謝謝阿謙了。」

米蘭達和蘇蹴親自上門向祁避夏表達了感謝之情，順便表示祁謙和福爾斯、蛋糕暑假裡可以去他們想去的任何地方，由他們夫妻買單，包括他們買紀念品的錢。米蘭達這些年服裝品牌越做越大，任誰大概都很難想像，昔日她初來ＬＶ市打拚時口袋裡只有不到一百塊錢。

福爾斯和蛋糕都很想去，可惜……

「我們暑假裡還有世界盃的志願者工作。」福爾斯哭喪著臉，他答應過祁謙的，不能食言。而他沒有告訴他父母的是，他還要繼續當祁謙的助理，補上祁謙在他的推薦信裡寫的已經工作過的工時。

「我真的沒想到你能堅持下來。」祁謙是這樣對福爾斯說的。

「我也不能混一輩子啊。」福爾斯有感而發。

「你大學準備報考哪個科系？」

「導演和編劇。」福爾斯在當助理的這些日子裡，終於找到了自己的興趣，並且和嚴氏兄弟培養出了不錯的友誼。

祁謙看著福爾斯，幽幽道：「我和你認識了十二年。」

聞弦歌而知雅意，福爾斯立刻明白了祁謙的意思，趕忙欲哭無淚的解釋：「不是我不想和你發展一下共同的愛好，實在是……數學真不是人學的啊！」

祁謙這個數學博士，估計也算是他身邊人裡的獨行俠了，除了他，沒誰會這麼跟自己過不去。除夕倒是有一較之力，不過比起數學，除夕更想學一些有使用價值的專業，他自認沒有什麼做科學研究的堅持。

◎◆◎◆◎◆◎

六月下旬，世界盃在Y國正式開賽，祁謙再一次即將過上世界盃吉祥物的生活。

這次B洲的總教練還是大家熟悉的老朋友哈格爾，那個迷信迷得要死的十大名帥。趕在這次C國總教練換人、還不瞭解祁謙的威力之前，哈格爾就藉著費爾南多的名義，死皮賴臉的定下了祁謙從小組賽開始的行程。

B洲總教練哈格爾的想像很豐富，奈何現實太骨感，祁謙在六月底忙得根本沒時間飛往Y國現場觀看世界盃小組賽。

暑假檔來襲，祁謙有兩部主演的電影上映，還有一部他擔任主要男配角的電影也即將上映，這對他來說可謂是一個豐收的季節，投資方大方的紅包不斷遞到他手上，他自然也需要不遺餘力的開始奔波於各地電視臺宣傳新片。於是可以想像，當哈格爾帶著費爾南多望眼欲穿的在E國首都國際機場只接到了祁避夏和福爾斯一行人時，他的表情是有多麼五彩繽紛。

幸而這次小組賽抽籤，Ｂ洲的簽運上佳，分到的小組裡沒什麼強而有力的競爭對手，哈格爾覺得只是帶著祁謙的照片上場，Ｂ洲也是能搞定的。

「要不是看在他一把年紀的分上，我絕對要告他！」祁避夏對費爾南多憤憤表示不滿。

「告總教練什麼？」費爾南多不解的看向自己的戀人。

「窺覬我兒子！」

「……那根本就不是罪名親愛的，而且哈格爾教練的孫子都上學了。」

「我知道，要不你以為我是怎麼忍到現在還不跟他拚命的？」

「……」

直至七月七日，祁謙才終於加班加點的搞定了大部分宣傳工作，和除夕一起飛往Ｙ國，艱難的趕上淘汰賽八分之一決賽的最後一場，Ｂ洲以Ｈ組第一的身分迎戰Ｇ組第二的Ｅ國。祁謙穿著嚴絲合縫到看著都替他覺得熱的三件式西裝，和Ｂ洲總教練哈格爾一起坐在了教練席上。

Ｂ洲國球隊的主力隊員不用總教練哈格爾吩咐，就已經十分自覺的在比賽開始前一一跑來祁謙面前挨個和他握手，這些大部分都已經不再年輕的國腳與祁謙基本上都認識，在十二年前的世界盃上，他們一起經歷了一整個Ｂ洲世界盃的賽事。

即便有年輕的候補球員不知道祁謙，也很快從老球員那邊得知祁謙當年的傳說，然後換來「這不可能！」、「騙人的吧？」之類的驚呼。

祁謙帶來好運的說法在十二年裡被祁避夏想辦法壓得死死的，基本上屬於知道的就知道了，但不知道的便不可能再知道的情況。

「你真的不是女孩子嗎？」看上去變得成熟穩重的國腳們依舊有一顆歡脫的內心，「比小時候還漂亮。」

「好久不見啦，殿下，這一次一定會保佑我們到底的吧，哪怕是決賽。聽說C國和東道主Y國聯手爆冷，連小組賽都沒出線就打道回府了呢，哈哈……對不起忘記你是C國人了。沒有你的加持，C國隊真的是不行啊。」

「如果實在是太忙或者太累，這場不出現其實也沒有什麼關係，我們的對手可是E國，毫無疑問我們會贏。」副隊長最後這樣總結道。

曾經群星璀璨的E國如今已經是老太太過年，一年不如一年。C國沒進淘汰賽，被媒體稱為不可思議，E國殺出小組賽也被媒體稱為不可思議，可想而知E國有多不被看好。但E國的世界盃之旅也就到此為止了，十六進八的對手是氣勢如虹的想給球王費爾南多一個輝煌退役成績的B洲國家隊，想贏基本上只存在於想像裡。

這場八分之一決賽沒有絲毫的懸念，從一開始球就被B洲國家隊把持，上半場進兩球、下半場進一球，費爾南多繼續領跑世界盃最佳射手榜。

在B洲國家隊全員一起回飯店慶祝的大巴車上，副隊長對祁謙說道：「看吧，我就說你不用特意過來吧，那可是E國誒E國。聽過那個笑話嗎？E國體育雜誌報導說E國球壇對同性戀的不包容態度，使得幾乎沒有哪個球員願意出櫃，這在本就對同性戀很排斥的足球界也實屬罕見。結果就有人回覆說，是的，實在是該好好整改E國足球了，連同性戀都羞於承認自己E國足球隊隊員的身分。」

所有B洲國家隊球員都哈哈大笑了起來，只有費爾南多的神色略帶尷尬。

「你們很歧視同性戀嗎？」祁謙沒有笑，只是很直接的開口問道。剛剛那個笑話看似是在取笑E國足球，但本質上也是在拿同性戀作筏子。

「還好，不歧視，只是我們會不習慣和同性戀一起在球隊裡踢球，就好像我們絕對不會在女人面前赤身裸體，又或者和她們有過於激烈的身體碰撞，在我們並不準備上床的前提條件下。」所有球員都覺得祁謙不過是處於好奇才會有此一問，回答的都十分隨意。

「如果真的存在呢？你們還會當他是隊友、是朋友嗎？」祁謙替費爾南多問出了他其實一直想問卻不敢問的問題。

「嗨，你不會是……」副隊長終於看出來了點不同的苗頭。

「我爸爸準備和他的同性戀人一起出櫃了，當著全世界的面。」

祁謙和祁避夏都不覺得這是什麼羞於開口的事情，事實上，如果不是考慮到費爾南多的職業問題，祁避夏恨不得立刻昭告天下，就像是當年他有了祁謙這個兒子之後做的那樣。

「他們結婚時，我會當我爸爸的伴郎，如果我邀請你們參加婚禮，你們會來嗎？」

球員大多沒想到今晚會聽到這麼一個勁爆的消息，短暫的錯愕之後，他們終於急忙找回了自己的嘴巴，開始七嘴八舌的安慰祁謙。

「當、當然，真沒想到陛下也彎了……不，我是說，恭喜你爸爸！這很正常，現在全世界只有少數幾個國家還沒有通過同性婚姻法了，沒什麼大不了，你不要胡思亂想。你爸爸很正常，別人也不會用有色眼光看他，他依舊是我喜歡的歌手！」

一群肌肉發達的大個子們有點手忙腳亂，他們真的不歧視同性戀，那是一件很稀鬆平常的事情，只是不適用於體育界。

「真的嗎？」

「當然，只要你爸爸喜歡的不是我，對我來說就不是問題。」有人道。

「你長成那個熊樣子，人家祁避夏能看得上你？」旁邊的友人立刻打趣道。

「我長得怎麼了？最起碼我身材好，陛下怎麼就看不上我了？！」球員憤憤不平，就差當場扒衣服秀他的八塊腹肌了。

話題開始朝著一個很詭異的方向走了下去，直至隊長費爾南多輕咳一聲，才制止了這群與他並肩作戰十多年的隊友繼續意淫他「老婆」。

費爾南多看著隊友們，想著，曾經他們是世界各國國家隊中平均年齡最年輕的一批，而現在他們幾乎可以說是世界盃裡的「老年」隊，但他們卻好像還是十二年前的他們，永遠年輕，永遠不會改變。

「再來簽一件球衣吧。」

不知道是誰起了頭，然後大家一起點頭附和，覺得這是個好主意，包括坐在大巴前座一臉嚴肅的總教練哈格爾。哈格爾是最後簽名的，由他將球衣給了祁謙。

「這會比你十二年前得到的球衣還要值錢。」

言下之意就是，他們會成為今年的冠軍隊伍，自然比他們十二年前的亞軍隊伍的球衣要值錢。

「那上面還有C國國家隊的全員。」祁謙小聲提醒道。

「我當然知道。」倔老頭哈格爾道，「我們會比他們更強大！」

當大巴車抵達飯店之後，祁避夏和除夕已經等在門口，祁避夏和費爾南多在所有隊員面前如常的擁抱、親吻臉頰，沒人覺得彆扭，他們甚至也一一上前擁抱了祁避夏，並給了他衷心的祝福：「祝你幸福，我肯定會出席你的婚禮的，但如果你們夫夫敢對殿下不好，我們一定會幫他討回公道。」

「你、你們都知道了？」祁避夏不可置信的看向費爾南多和祁謙。

費爾南多趁人不注意暗暗的搖搖頭，示意祁避夏暴露的只有他。

「放心吧，在你結婚前我們會替你保密的。」

「其實也沒什麼，不過很高興你們能保密，以及謝謝你們願意出席婚禮，這對我來說很有意義。」祁避夏笑得真誠極了，這些可都是費爾南多常掛在嘴邊的好隊友。

雖然費爾南多後來去了C國踢球，但在他的青少年時期，以及各項國家賽事裡，他都是與這些隊友在一起的，彼此建立了很深厚的感情。

雖然有不少B洲球員都在疑惑自己不過是十二年前見過祁避夏一次，怎麼就對他有重要意義了。和祁謙還有吉祥物這一淵源，但和祁避夏……他們應該沒什麼交集吧？不過能出席世界歌壇巨星的婚禮，他們也不虧就是了，沒誰會傻到去戳穿這個。

「Ｂ洲會贏嗎？」祁謙問除夕。

「對不起，我不知道。我上輩子除了Ｂ洲世界盃，其他地區的世界盃或俱樂部聯賽都很少關注。」除夕是這樣對祁謙說的。

「哦。」祁謙點點頭表示知道了。

除夕在背對著祁謙的時候才在心裡有勇氣說：對不起，騙了你，現實終究不是童話，Ｂ洲注定無法贏下這屆的世界盃，球員的平均年齡真的太大了。

直至到世界盃決賽，除夕才怔怔的想著，祁謙不會真的自帶什麼好運吧？

在除夕的記憶裡，Ｂ洲的世界盃之旅早就該終結了，但他們卻艱難的挺到了現在，並大有要贏了決賽的氣勢。和祁避夏坐在ＶＩＰ席，除夕也不由自主的投入到了比賽裡，想著也許Ｂ洲和祁謙真的能再一次創造奇蹟。

已經明白了前輩們此前為什麼那麼執著於和祁謙握手，這一次Ｂ洲國家隊三十二人的大名單中的全體球員，無論首發還是替補，甚至包括助理教練、隨隊醫生等人，都在賽前鄭重其事的和祁謙握了手。

最神奇的是在決賽開場前，也不知道哈格爾是怎麼磨得主辦方和國際足聯同意，讓即將年滿十八、已經可以算是成年人的祁謙再一次充當了球童的角色，被隊長費爾南多牽著手走進了決賽的足球場。而更加神奇的是，全世界的球迷都不覺得這很奇怪，他們頂多在懊惱為什麼他們國家在比賽的時候沒爭取到祁謙這個大殺器。

「這也太迷信了。」祁謙小聲的對費爾南多說道。

「信則有，不信則無，心誠則靈。」費爾南多已經越來越像是C國本地人了，這些諺語說得比祁避夏還順溜。

「那，你們一定會贏的！」祁謙最終順應民意，當了一回預言帝。

不知道是不是心理作用，整個B洲就像是被施展了什麼精神百倍的魔法，所有球員都覺得信心大增，勢如破竹，抱著他們一定能贏的信念上場了。

主裁判C國人王陽吹響了Y國世界盃決賽的哨聲，B洲國家隊對陣上屆世界盃季軍X國國家隊。

X國這次的陣容和他們半決賽贏下H國時是一模一樣的，換句話說就是他們的守門員依舊是近五年來大放異彩的頂級門將亞當斯，擅撲單刀，曾在本國的俱樂部盃賽中創下一球未失的恐怖紀錄。後來，亞當斯以上億的天價轉會費從X國的甲級聯賽俱樂部轉會C國LV市BX俱樂部，和當時的主力前鋒費爾南多組成最強陣容，連續三屆拿下世界俱樂部盃冠軍。

而在這一屆的Y國世界盃上，BX最鋒利的矛對上了BX最無堅不摧的盾，很多人都戲稱困擾了C國文言文多年的以己之矛攻己之盾的難題，終於等來了答案揭曉的這一天。

但這其實是不公平的，費爾南多即將退役，亞當斯的足球生涯正值壯年，他們又同在一個俱樂部踢球，費爾南多又怎麼會……

在電視機和電腦前的真球迷還沒能向身邊的偽球迷講解清楚這段淵源的時候，費爾南多已經射門了。

球場上的大螢幕一遍又一遍不斷重播著費爾南多射門的一幕，整個球場的歡呼聲震耳欲聾，除夕和其他球迷一樣不可置信的睜大了眼睛。怎麼可能這麼快！怎麼可能在世界盃決賽開場還不到五分鐘內！估計各國坐在演播室裡解說比賽的解說員，都還沒能介紹完雙方的上場陣容。

除夕上一世的決賽裡沒有B洲，也沒有這一顆在決賽上開場不到五分鐘的進球，本來該贏的是X國，在決賽拖入點球大戰之後，門將亞當斯發揮神勇，一對一撲出了三個點球，一戰封神。

可惜這場比賽注定是沒有讓亞當斯封神的機會了。

在拿到一球的先機之後，B洲就變換陣型，以近乎10-0-0的全員十人呈鐵桶陣堅守球門，一直到中場的哨聲響起，比賽還是一比零，B洲暫時領先。

不少球迷大呼比賽踢得難看，沒想到哈格爾也走起了功利足球的路線，但B洲國家隊和B洲球迷才不管呢，他們要的只是贏，只想給費爾南多一個盛大的退役之戰，至於其他人的想法……呵呵，讓羨慕嫉妒恨的人繼續羨慕嫉妒恨去吧！

「大家踢得不錯，下場繼續保持。」

哈格爾帶著祁謙在中場休息的休息室內，只是用最簡單的詞彙說了幾句話，現在所有人的心情都差不多，恨不得這已經是比賽結束。

下半場X國來勢洶洶，他們的優勢是門將亞當斯，但那卻是在比分相同又或者是他們這邊占據上風的時候，一旦他們落後又扳不平比分，諒亞當斯再厲害也沒用。可是該死的……

B洲國家隊就是這麼卑鄙，無論他們怎麼挑釁、怎麼逼搶，對方都硬生生忍下心中的血性，就龜縮在中後場互相傳球玩。

B洲國家隊隊員相當「無恥」，也相當狡猾，最終他們有驚無險的把一比零的成績拖到了結束，坐上了世界冠軍的寶座。

在所有球迷無聊到恨不得這就睡去的情況下，世界盃決賽落下了低調的帷幕。當終場哨聲響起的時候，所有人都恍若夢遊，在集體愣了幾秒鐘之後才意識到——這樣就完了？

是的，這樣就完了。

這次決賽，雙方踢得都十分……紳士，雙方加起來的總犯規次數都沒超過三十次，一張黃牌，沒有人受傷，讓很多人都在驚訝這真的是在爭奪世界盃冠軍的比賽？足協倒是喜聞樂見，覺得決賽雙方都表現出了足夠的體育精神，為世界盃畫上了圓滿的句號；不過對於熬夜看球賽的球迷來說，就實在是一場無聊的折磨了。

不過，誰又會關心比賽過程呢？他們也不會在乎你付出了多少辛苦、經歷了多少折磨，他們只想看到結果，你最終所站的位置。

「We are the Champions!」

經典的歌聲響徹整個球場，B洲國家隊全員一起……把祁謙拋上了天。

祁謙繃著臉表示：按照一般劇情，被拋起來的不應該是總教練嗎？！

而被拋上夜空的那一刻，祁謙終於又一次變成了四尾。世界盃果然給力，祁謙如是想。

由隊長費爾南多帶隊，所有身披國旗的B洲國家隊隊員，依次激動的走上了領獎臺，他們等這一天已經等了太久。哪怕是在自己國家舉辦的世界盃上，他們也只獲得亞軍的成績，其後的一屆世界盃又進入了一次決賽，卻依舊沒能奪冠，這可以說是他們這一批都面臨著退役問題的球員的最後一界世界盃，三進決賽，一次奪冠。

足協主席為Ｂ洲國家隊頒發了世界盃的獎杯，費爾南多代表全隊最先舉起了象徵世界第一的金杯，全場再一次開始了熱烈到彷彿整個球場都在顫動的歡呼，場上成百上千個閃光燈聚焦到費爾南多已經徹底褪去了稚嫩只餘堅毅的俊美臉龐。

那一刻，費爾南多終於成為了當之無愧的世界球王。足球運動三大頂級賽事，他都拿到了冠軍，也都拿過最佳射手的榮譽，其中俱樂部盃甚至都可以湊齊七個去召喚神龍了。

千萬紙鶴從天而降，球場上空一片銀光閃過，那是Ｂ洲球迷早在決賽開始之前就提前準備好的，每一隻紙鶴上都寫著對於Ｂ洲國家隊最美好的祝福和讚譽，世界盃的獎杯開始在Ｂ洲國家隊隊員手中傳遞，繞場一周。

祁避夏終於帶著除夕從貴賓席來到了球場上，在全世界幾億人的關注下，擁吻住了費爾南多。

整個會場好像在那一刻都寂靜了。

「表示慶祝？」Ｂ洲國家隊裡和祁謙比較熟的副隊長，聲音飄忽的問著祁謙。

「表示他們要結婚了。」祁謙笑著回答。

「！！！」

球場再一次爆發了比剛剛還要熱烈的歡呼，所有人都沉醉在奪冠的喜悅裡，什麼樣的情況他們大概都能接受。

當大家站在一起合影的時候，費爾南多忐忑不安的看向了他的隊友們。最終還是愛開玩笑的副隊長表示：「你要是早點出櫃就好了，X國肯定不敢像剛剛在場上那樣防你，我們還能贏得輕鬆點。」

「喂！」

「全無惡意。」副隊長笑著舉起了雙手。

然後，全隊對已經算是退役的費爾南多送上了最真摯的祝福，在這個時候他們才恍然，祁避夏的婚禮邀請他們的原因原來在這裡。

祁避夏、祁謙父子和總教練哈格爾站在一起，與整個B洲國家隊照下了又一張會被無數人競相想要珍藏的歷史性合影。也不知道是商量好的，還是臨時策劃，在以防萬一連續照了十幾張的照片裡，有幾張連貫的記錄下了祁避夏和費爾南多被身邊的人一推，親在了一起的畫面。

後來足協又頒發了世界盃的最佳射手、最佳助攻以及最佳陣容的獎杯。

費爾南多的經紀人與此同時宣布了費爾南多退役的消息，其實即便此前不知道費爾南多要退役的人，在看到他和祁避夏擁吻之後也都明白那代表著什麼了。不過，經紀人主要宣布的並不是這個，而是一開始就已協調商量好的——世界盃最佳陣容的球員，將會在明晚還是在世界盃決賽的球場裡，迎戰以蘇蹴為首的昔日球王隊，那是費爾南多真正的退役友誼賽，比賽將不設置門票，坐滿即止。

不少在場的球迷都表示，今晚不走了，直接睡球場，明天看比賽！

當然，最終他們還是要離開的，被球場的工作人員禮貌的請了出去。但還真的有人遊蕩在球場外面，露營紮帳，打算第二天一開門就去尋找最佳觀看比賽的位置。

晚上B洲國家隊的慶功宴上，祁避夏被灌了個爛醉，那代表B洲國家隊對他的不滿，也代表他們接受了祁避夏成為他們的一員。

祁謙以未成年的身分倖免於難，當然，主要也是依賴於除夕一路的保駕護航。

「再過不久你就要成年了。」除夕和祁謙並排躺在飯店的大床上，他輕聲在祁謙的耳邊說道。

「嗯，再努力一把，五尾應該也能長出來了。」

「要開始考慮你將來會和誰在一起的問題了嗎？」除夕鬼使神差的就問出了這個問題，也許是他為祁謙擋下的那些酒在作祟，也許根本沒有什麼鬼使神差，他就是想問而已。

「你啊。」祁謙毫不猶豫的回答，「我們會一直在一起。你不想嗎？」

「我想。」除夕笑了。是的，最終能陪在祁謙身邊的人只會是他，無論是祁避夏還是別的什麼人，以地球人的壽命，他們最終只會化作枯骨，變成一抔黃土，散在風中。除夕握住了祁謙的手，心滿意足的笑了。

祁謙偏頭，正與除夕相對，彼此近得彷彿呼吸都交融在了一起，「怎麼？」

「沒什麼。等你成年再說。」除夕直勾勾的看著祁謙，笑容溫柔。

祁謙突然在那一刻覺得自己好像明白了什麼，又好像什麼都沒明白，他只是也抓緊了除夕的手，道：「幸好你活下來了。」

改造半α星人這件事情哪怕在α星，其實也不過是一個理論，在除夕之前從未有人成功過，而在除夕沒醒來之前，祁謙甚至不敢去想這件事情。他只有抱著「除夕絕對會醒」的信念才能保持理智，並真的等到了除夕醒來。

◎◆◎◆◎◆◎

第二天下午，夕陽染紅了天邊的雲彩，費爾南多的告別賽，以不弱於世界盃決賽現場的恐怖熱情被拉開了序幕。

裁判……祁避夏。

這是祁避夏強烈要求的：「我受夠了每次比賽你和我兒子都在賽場上，我卻要獨自一人坐在觀眾席！」

除夕默默表示：一直和你坐在一起的我是空氣嗎？！

有記者在賽前笑著問祁避夏：「你懂得怎麼當裁判嗎？」

「作為球員家屬、資深球迷，我覺得基本的球場規則我還是知道的，實在是搞不定的時候就站在費爾一邊。」史上最偏心的裁判就這樣誕生了。

現役世界盃最佳陣容 VS. 昔日的球王巨星。

兩隊的總教練都是當世名帥，在所有人都覺得年事已高的球王巨星們肯定玩不過這一屆正在勢頭上的現役球員時，偏偏正是這些球王們讓球迷們明白了什麼叫寶刀未老，個人的成名絕技輪番上演，以先進一球的優勢給了最佳陣容們一個「驚喜」。

「吉祥物」祁謙和最佳陣容們的總教練哈格爾繼續坐在一起，身邊還有除夕。

「為什麼費爾他們反而不行呢？」祁謙不解的問道。

「因為他們只是選出來的最佳陣容，並沒有經過真正的配合，而球王們私下裡已經練了有些時日。」

「當他們適應了肯定就能扳回比分了。」除夕安慰祁謙道。

心態十分放鬆的哈格爾卻沒怎麼關注場上的比賽，反而跟祁謙討論了起來。他搖搖頭說道：「不見得，因為球王隊握有一張王牌。」

「誰？」

「不是誰，而是什麼。」

球王隊可以沒有限制的不斷換人。畢竟是上了年紀的昔日球王，踢一會兒可以，踢滿場基本上是天方夜譚。所以比賽規則裡他們獲得了無限換人的特權，而最佳陣容這邊……你見過最佳陣容裡有最佳替補這個選項嗎？沒有。所以比賽裡就只有他們十一個人，三個前鋒、三個中衛、四個後衛，以及一個守門員亞當斯。

所以準確的說這根本就是昔日球王 VS. 最佳陣容的車輪戰。

「其實也不是真的一個替補名額都沒有的。」哈格爾對祁謙說。

「誰？」

哈格爾繼續看著祁謙。

祁謙指了指自己。

哈格爾點點頭，「一般球星退役的告別賽，最後都會讓自己的兒子替換自己上場，象徵著他職業生涯的結束，也象徵著後繼有人。當年蘇蹴的告別賽就是他的大兒子萬最後替換了他，在眾球星的保駕護航下，萬最終踢入一球，結束了比賽。」

「有球衣嗎？」祁謙表示什麼都別說了，他要上場。

祁謙是祁避夏的兒子，而費爾南多即將和祁避夏結婚，那麼祁謙也可以算是費爾南多的兒子，又或者可以說是費爾南多唯一的兒子。

「早就替你準備好了。不要有心理壓力，別人會配合你，怎麼樣你也會進球的。」

祁謙不屑的看了一眼哈格爾，沒說什麼。只是在比賽最後，當他換下費爾南多，與費爾南多拍手而過之後，他用實際行動告訴了哈格爾，他從來不擔心，也不需要別人配合！

最終精采的友誼賽以三比二的分數結束，祁謙踢進至關重要的一球，將整場比賽帶向高潮。祁謙行雲流水的過人，風一般的速度，讓所有球員和球迷都不禁感慨：臥槽，有這技術和速度你為什麼不去當球員？！C國國家隊需要你啊少年！

祁謙的粉絲們齊齊不屑：我殿沒有弱點！數學博士，小金人特殊金像獎得獎者，以及踢贏了所有球王（雖然是退役的）。這才是真正的男神！放在哪個領域，都會被別領域的人覺得是人才浪費。

×月○日　第二十三篇日記

人類繁瑣的成年禮

《禮記》上說：「冠者，禮之始也。」

漢人加以解說：「君子始冠，必祝成禮，加冠以厲其心。」

2B250 告訴祁謙：「簡單來說就是地球人的成年儀式。」

α星的成年儀式是躲過一次基地強者的追殺，以一天一夜為期限，躲過去了就成年了；躲不過去，強者就會奪去幼崽剛剛長出來的第五尾，讓幼崽繼續當未成年。

——弱爆了的地球人，自然是形成不了這麼富有美學而具有深刻教育意義的成年儀式，於是他們文謅謅的換成了替成年人加冠。三次加冠之後，加冠者在別人眼中就正式成年了，可以進行婚嫁，負法律全責，並能以成年的世家族人的身分參加社交活動。BY：2B250。

C國古代二十歲才算成年，現代卻演變成十八歲即成年。不過，雖然年齡上已成年，C國的大部分父母依舊會養育孩子們到大學畢業，也就是二十二歲左右。

十八歲到二十二歲被看做成一個過渡階段，法律上父母已經不再需要履行贍養孩子的義務，但在道義上，一般沒有父母真的會冷血到在孩子十八歲那天就把孩子趕出家門。甚至有的家庭會特別寵溺孩子，打算養孩子一輩子，好比當年的祁避夏之於白家，也好比如今的祁謙之於祁避夏。

「我當然會養我兒子一輩子，包括我兒子將來的妻子、孩子，你沒意見吧？」

這是祁避夏和費爾南多在交往之初就開始商量的問題。

費爾南多聳肩：「我當然沒問題，不過……」祁謙能同意嗎？

「謙寶從小就很孝順噠～」祁避夏有一種謎の自信，「當然，謙寶將來肯定也會很孝順你嗟。小時候謙寶就一直在說長大了要養我，現在『我』要變成『我們』了，我也答應了謙寶，但我們將來肯定會住在一起，家用也是一起的，誰掏錢謙寶又不知道。」

祁避夏也不知道是受了誰的影響，一直很嚮往C國傳統的四代同堂的家庭模式，並堅定的打算將來全家人都住在一起，不給祁謙搬出去的機會。

「萬一謙寶未來的戀人……」年輕人又有幾個願意和老人住在一起的呢？

「那就是未來的祁避夏和未來的你需要一起想辦法去解決的難題了。」現在的祁避夏很不負責任的聳肩，「我只負責規劃，未來的你我負責完成，這個點子怎麼樣？」

「我覺得我有點明白以前的報導裡你為什麼會那麼找死了。」享受現在，把苦惱都留給未來。

「這就是有了貸款、信用卡這些概念之後的現代人精神啊！」祁避夏振振有詞，並以自己的人生觀為傲，覺得這是智慧的結晶，簡直不能更聰明。

「所以才會出現世界性的經濟危機。為避免我們家日後也鬧局部的小型經濟危機，我會嚴格控制你的。」費爾南多一本正經道。

「你！」

「……然後你就這樣妥協了？」

事後，聽完祁避夏轉述的祁謙不可置信的睜大了眼睛，他覺得祁避夏大概是愛慘了費爾南多，否則以祁避夏的性格，他怎麼可能會答應這些？

隨著年紀越來越大，人會慢慢失去相信別人的能力，因為有太多過往的經驗教訓讓他們無法去相信。祁避夏尤甚。就在祁謙以為祁避夏一輩子都會如此的時候，祁避夏卻遇到了費爾南多，真愛。

祁避夏聳聳肩，說道：「老公負責賺錢，老婆負責管錢，孩子負責花錢，每個家庭不都是這樣嗎？」

祁謙認真的想了想，不得不說祁避夏這句話說得還真有那麼一點點的道理。

這個時候，電視新聞正在播放政府開始為一年一度的集體成年禮做準備。內容介紹說，政府每年都會在新舊交替之際，在全國各地的寺廟祭壇為年滿十八歲的青少年舉辦統一的成年禮。

「我的成年禮也會這樣嗎？」祁謙問。

「哦，你當然和他們一樣。」祁避夏就像是聽到了什麼好笑的笑話，故意說著反話，然後他才意識到，「你沒開玩笑？」

祁謙搖搖頭，他不明白他為什麼要在這種事情上開玩笑。

「……正確的答案是，不是。你和他們怎麼能一樣？」

政府之所以舉辦集體成年禮，只是為了給大部分沒有足夠經濟能力為孩子舉辦一套成年禮的家庭行個方便。像是祁避夏這樣的世家，自然是不會讓孩子去參加集體的成年禮的，他們更熱衷於自己舉辦，極盡奢侈之能，並攀比成風，舉辦的不夠盛大甚至會成為貴婦們茶餘飯後的笑料。

後來政府數次改變了政策，才終於把世家的成年禮遏制在一個不那麼誇張的範圍裡。就像是政府一直在想盡辦法宣傳婚喪嫁娶的儀式要簡單一樣。

祁避夏為祁謙準備的成年禮，屬於剛剛好踩線的那種，即達到政府所能容忍的最大值，又爭取做到所有成年禮中的最高規格。

「一定要這樣？」祁謙實在是理解不了為什麼要有口腹之欲以外的物質追求，好比精緻的衣服，也好比大操大辦的毫無意義的儀式。

「一定要這樣！」祁避夏很認真，「人生最重要的四次儀式，出生、成年、結婚以及葬禮，婚禮可以辦很多場，出生和葬禮你又無法感知，只有成年是真正屬於你的獨一無二的儀式，我絕對不會允許你被怠慢，哪怕是你自己這麼想也不行！」

祁謙卻總覺得祁避夏這套話已經被他用在了很多方面，但為了避免祁避夏暴走，他最終還是明智的選擇了閉嘴，全憑祁避夏做主。

成年禮舉行的地點和所有世家一樣，是在各家自己的宗廟中舉行。

所謂宗廟，其實就是墓地，在家族陵墓最前面建造一座氣勢宏偉的廟宇。根據古禮，天子七廟，諸侯五廟，大夫三廟，士一廟，庶人不准設廟。各世家一般也都會按照自家在古代時做到的最高規格的官來興修。

祁家是五廟，可追溯到的一位先祖曾位列諸侯，史書上都有記載的那種。事實上，如果不是有這位先祖，祁家的家族陵墓都不能以宗廟自稱，而要稱為家廟。

宗廟裡供奉著祁氏一族列祖列宗的牌位，宗廟後面就是一座青山山脈，祁氏一族的族人都在此長眠，包括祁避夏的父母，也就是裴安之假死之前祁避夏帶祁謙來過的地方。在祁避夏的設想裡，他和他兒子最後也會葬在這裡，當然，現在還要加上費爾南多。

冠禮的主持人自然是祁避夏了，一是按照從古至今的規矩，就是由他這個加冠者的父親來主持；二是要是不讓他操持，他絕對會幹出點什麼，其後果連白冬都不敢保證能控制——兒控謎一樣の武力值。

不過，祁避夏主要負責主持的工作，不是忙著布置冠禮現場，又或者是替兒子準備衣物和用具等，這些是管家、助理還有家裡的傭人需要操心的，他需要的是提前三天開始發請帖給親友、同事們，邀請他們到時候去宗廟觀禮。

這一環節有專門的稱呼——戒賓。這是冠禮重要的組成部分。其中一些嘉賓，為體現鄭重其事，甚至需要祁避夏親自登門邀請。

祁避夏面對並沒有多少的嘉賓邀請名單，橫豎看下來都覺得沒有一個是不重要的，好比白家眾人、裴越、福爾斯一家、三木水一家、謝忱一家以及祁謙的朋友們。於是祁避夏這個蠢爹就在冠禮前的第三天，從早上開始挨家挨戶的認真拜訪到晚上，真的做到了一一登門。

「會不會太辛苦了？」祁謙體諒的想要勸祁避夏不要太為難自己。

「你開玩笑嗎？」祁避夏指了指從成年禮進入倒數計時開始就一直處於興奮又或者說是亢奮階段的自己，「我看著像是太累的樣子嗎？」

「……不像。」祁謙實在是沒辦法違心的說祁避夏憔悴了，祁避夏看上去反而有點容光煥發的感覺。

請完人之後，冠禮的準備階段就進入了第二步，由祁避夏透過卜筮占卦的神奇方式，在邀請的觀禮嘉賓中決定一位來擔任加冠的正賓，也就是為祁謙在成年禮上加冠的人。

祁避夏請來幫助他占卜的小夥伴是成名已久的玄學大師，也是C國最著名的兩個宗教之一——坐忘心齋的當代掌門。

祁避夏小時候在拍攝一部和坐忘心齋有關的電影時，和當時還不是掌門的掌門有了些交情，如今這才能把人請過來。

「當年你幫了我，我答應許你一個條件，你真的確定現在要用這個條件嗎？」一身坐忘心齋標準青衣「校服」的掌門問祁避夏。

「是的。」祁避夏毫不猶豫的點了點頭。

「替你兒子占卜正賓？」一向不喜不悲的掌門，都難得多跟祁避夏廢話了一次。以他今時今日的地位，想得到他一個沒有限制條件的許諾的人，不知凡幾，卻只有祁避夏得到了，但也只有祁避夏會用在這種小事上，「你要明白，這種事情以你我之間的交情，我完全可以為你免費派來我最得意的關門弟子。」

「我明白。但我還是希望由你來賜福我兒子的成年禮。」萬事開頭難，祁避夏堅信只要開頭順遂了，祁謙此後的一生一定會一直幸福的。

掌門長嘆一聲，想著大概正是祁避夏是這樣的性格，他才會在當年那麼輕易的對祁避夏許下承諾。他看人的眼光很準，但是如此輕易的了卻一份因果，反而讓掌門有點過意不去，所以他對祁避夏再次承諾：「我會在我力所能及的範圍內再幫你一次，不過這次由我來決定如何幫，怎麼幫。」

「好。」祁避夏笑了，他其實根本沒打算利用當年的事情要求掌門必須回報他什麼。隨即他到一件事，「對了，我和費爾要結婚了，你能來參加嗎？」

掌門深深看了一眼笑容燦爛的祁避夏，不言不語，腦內快速劃過昔年兩人的種種過往。其實他們的交集很少，只有一部電影的拍攝時間，並且只有那一部電影。

掌門沉默許久後回答祁避夏：「我是方外之人。」

然後不等祁避夏再請，掌門就開始占卜，讓祁避夏失去了說話的機會。

占卜的全程，祁避夏心裡只有一句話：不要是裴越，不要是裴越，絕對不能是裴越！

祁避夏和裴越關係好，但他心裡其實也明白裴越的不正經，這樣的人自然是不能為他兒子加冠的，說不定會影響兒子未來的運勢。

幸而最終的卦象顯示，這位德高望重的正賓真的是一位德高望重的人士——祁謙的朋友顧格格的乾爺爺顧師言，從高位退下來的教育局高層人員，C國著名的政治家、教育家，以及推薦祁謙入薩門的人。

顧老爺子在遇到祁謙那年就已經頭髮花白，一副年事已高的模樣，十二年過去了，老爺子依舊是這副模樣，精神抖擻的彷彿能再活個五百年。

在第二天祁避夏再一次登門的時候，顧老爺子就明白了祁避夏的來意，並表示很樂意替祁謙加冠。在加冠這方面，顧老爺子特別專業，因為在邀請他參加冠禮的儀式中，除了他的直系親屬以外，基本上都是由他當正賓。

除了正賓以外，冠禮上還需要一位贊者，也就是協助正賓加冠的助手。位置同樣重要，生怕抽中裴越的祁避夏，最終決定黑箱給了白冬。

「這樣也可以？」圍觀了全程的祁謙表示，敢不敢不要前面弄得那麼正式，後面就這麼隨便啊！

「可以啊，本來按照正式的流程，你成年禮的日期還需要去宗廟布席告祖，再占卜吉期的，但我覺得再沒有什麼日子比你自己的生日更合適的了。等核對了那天的日子不會下雨之後，就這麼愉快的決定了。」祁避夏一點都不介意告訴兒子他隨便的決定方式。

幸而祁謙不是地球人，對正式的冠禮沒有什麼太深的情結，也就隨祁避夏胡鬧了。

「這是經驗之談，謙寶，真的，爸爸當年的成年禮可煩人啦。」祁避夏一直很遺憾自己沒能參與進自己的成年禮中，一切都交由白家幫忙操持，倒不是說白冬等人不夠盡心，而是他們太盡心了……

祁避夏被虐得至今記憶猶新，他可不想自己的寶貝兒子再受一遍當年的苦，他要爭取為他兒子做到盛大而又不繁瑣，隆重又不累人。

「你加油。」祁謙不懂這些，也不想懂，他跟祁避夏當年一樣，選擇了把自己的成年禮全權外包出去。

然後，祁謙就不出意外的，和祁避夏當年一樣的後悔了。

「這哪裡叫盛大而又不繁瑣，隆重又不累人？！」提前一天趕來S市彩排的祁謙都快向祁避夏跪下了，「這些亂七八糟的就不說了，外面那圈記者媒體是怎麼回事？今天還是彩排他們就全都來了，明天還讓不讓人活了？！」

祁避夏趕忙捂住了兒子的嘴，「祖宗！我們不是說好了嘛，這幾天要忌口，跟過新年時一樣，不吉利的話一概不許說！」

「那我們明天能不能簡化一點？」

「這已經是簡化過的了！」

祁謙不信，等祁避夏拿來成年禮策劃人最初給的版本之後，他才終於妥協。再簡化下去就要被人說成祁避夏不重視他這個兒子了，又或者會被人說祁家越來越沒落，全然沒了世家該有的樣子。

「今晚好好睡一覺，明天等爸爸把嘉賓們都接來，我們很快就能熬過去了，好嗎？」祁避夏只能這樣一遍遍的哄著自家兒子。

祁氏一族的宗廟在S市，祁避夏邀請的人大多都住在LV市，為了方便來賓，祁避夏決定用飛機接送，借的還是白冬的私人飛機。祁避夏自己也有私人飛機，只是沒有白冬的好。他本來想趁此機會換一架的，但被祁謙阻止了。

祁謙：「你已經是要成家的人了，要懂得存錢養老婆，不能再亂花錢了，懂？好比從不買飛機開始。」

「有道理。」於是，祁避夏就忍痛和自己的新飛機計畫say goodbye。

剛退役不久的費爾南多則開始暗暗計算，怎麼樣才能為老婆賺到一架私人飛機……

◎◆◎◆◎◆◎

新曆四六六年十一月十四日，祁謙的成年禮正式開始，在S市祁家開闊的宗廟前。

「我突然意識到，1114不是我在α星的名字嗎？」祁謙審問著替他定了生日的光腦2B250，「偷懶也沒有你這樣的。」

徜徉在網路世界，終成網癮電腦的2B250表示：「這是方便你記憶啊。」

「呵呵。」

當天2B250就被迫斷網，關在了除夕身體裡，整整三天小黑屋。出來之後，它就開始不斷的向除夕控訴祁謙這種把自己的煩躁加諸在別人身上的發洩行為有多麼不厚道。除夕卻表示，只要祁謙高興就好。

「一對狗男男！」2B250很是不屑。

加冠開始前，其實還有很多繁瑣的禮儀，好比徹筮席、布加冠席、祭天告祖……不過這些祁謙都不用參與，是主持人的工作，也就是祁謙的雙親祁避夏和費爾南多的工作，他們穿著統一的玄衣白裳、繫黑色大帶、赤黑色蔽膝，頭戴玄冠。

長著一張再標準不過的西方面孔的費爾南多，在穿上C國的古裝後，看著別提有多彆扭了，被笑了好多天。

「要不你別上了？」祁避夏小心翼翼的問戀人。

「不是你說的嘛，這是謙寶一生只有一次的儀式。被笑我也認了！」費爾南多是真心很疼愛祁謙這個便宜兒子的，從他決定和祁避夏在一起的時候，他就已經有所覺悟，祁謙將會是他唯一的兒子。

——又一個傻爸的誕生。BY：許久不見的阿羅。

冠禮的設施都搭建在宗廟的正堂東邊，也就是傳說中的東房。祁謙此時穩坐在正堂旁邊的偏室內，著朱紅色采衣，用緞帶繫成總角髮型。為了這個成年禮，祁謙還留了一段時間的頭髮，不算長，但足夠紮起來。

此時陪在祁謙身邊的，是他的五個朋友，蛋糕、福爾斯、陳煜、顧格格以及除夕。

「嫁給我吧！」福爾斯在看到一身朱色的祁謙後開玩笑道，「無論我是同性戀，還是異性戀，你這個臉都符合要求啊，實在是太漂亮了。」

福爾斯父母都出身平民，他的成年禮雖然也很盛大，但走的是最近幾年很流行的西式，沒有祁謙的這個原汁原味。好吧，米蘭達這麼做主要是兒子那張混血的臉穿上C國古裝後基本上就只剩下和費爾南多差不多的「笑」果，她才沒主張兒子按照傳統文化來辦。福爾斯自然也就有底氣嘲笑別人穿袍子跟穿裙子似的。

「哥屋恩。」祁謙對福爾斯做了個「給我滾」的口型，如果不是白冬已經進來了，他甚至會給福爾斯一根中指。

冠禮開始之前，會由贊者白冬替祁謙梳頭，再用帛將祁謙的總角髮型換成一個包包頭包好，然後白冬就領著祁謙出了門，入正堂，各種互相作揖、行禮。

現場的數臺攝影機都對準了祁謙，由白氏電視臺十分專業的導播場控負責切換鏡頭，爭取在電視機、網路直播的方方面面，都展現出祁謙最好的一面。祁謙的成年禮是現場直播，電視機和電腦前守候了不少粉絲觀眾，收視率在白天還帶起了一個小高潮，甚至是晚上黃金檔的一些節目都比不上的。

最具特色的彈幕君自然也是在各個影片網站活躍著，即便網速緩慢而畫面停格時，依舊有粉絲樂此不疲。

「我殿美翻！」

「紅色的袍子襯得殿下更白了有木有！白裡透紅什麼的，捂臉。」

「和殿下的成年禮一比，我當年的成年禮就是個渣啊渣。」

「前面是有錢人啊，有自己的成年禮。」

「只參加了集體成年禮的窮人飄過～」

「飄過＋1」

「飄過＋N」

賓客濟濟一堂，正賓顧師言著玄色的正式禮服前往西階淨手，再回到正堂將祁謙頭上的帛再一次擺弄整齊。畢竟是用帛包住柔軟的頭髮，很容易就會在走動的時候歪掉，不過祁謙的髮型出自不管做什麼都很嚴謹並力求做到完美的白冬，顧師言也就走了個過場。

「擔任贊者的美大叔是誰？求嫁啊！」

「前面一看就很少看財經類報紙，那是白氏掌舵人白冬。」

「據說白冬至今未婚！」

「白冬竟然真的是殿下的親戚！」

「我殿賽高！！！」

顧師言再一次到西階的下一級臺階上，從擔任第一有司角色的除夕手中接過了擺放在紅色絨布盤中的緇布冠，再次走回祁謙身邊，又一次整理儀容，然後開始說著祝詞：「令月吉日，始加元服。棄爾幼志，順爾成德，壽考惟祺，介爾景福。」

意思大概就是說今天真是個好日子呀好日子，現在由我來替你加冠，祝你BALABALA……

「感覺大家成年禮的祝詞都一樣啊，我當年也是這個。」

「有自己成年禮的有錢人又來刷存在感。」

「第一有司感覺也好帥啊嗷嗷，這是誰？求嫁！」

「前面剛剛才說要嫁給白冬吧？太沒節操了。其實我也想問，這個第一有司是誰啊？沒見過殿下身邊有這號人物啊。一般有司的角色不都是兄弟朋友嘛，難道這也是白家或者祁家的人？」

「是裴熠！有個不可說的爺爺的那個裴熠，他年年都有陪我殿參加小金人頒獎典禮。」

「我殿今年一定能獲得影帝！」

冠禮現場，顧師言替祁謙戴上了第一次加冠的緇布冠，白冬則為祁謙繫好了冠纓，並也跟著說了幾句勉勵的話。祁謙行禮表示感謝，回到剛剛進來的偏室換衣服，把象徵著小孩子的采衣換成與緇布冠相配的玄端服。

古時加冠者父親的不同職位和加冠者的嫡庶排名，決定了加冠者玄端服的規格，到了現代就一般都會是統一的最高規格了。

穿戴整齊後，祁謙需要再次出門，向正堂裡的賓客展示他的一身新服。

「舔螢幕！」

「舔螢幕！＋1」

「舔螢幕！＋N」

展示完畢，祁謙再一次開始重複剛剛那一套禮儀的動作，由顧師言為他二次加冠，把緇布冠換成了皮弁。然後顧師言下了兩級臺階，第二有司由福爾斯擔任。

「福爾斯少年瘦了一點有木有！」

「同驚訝！戀愛了嗎？」

「不可思議！求問減肥配方。」

三次加冠的時候，皮弁換爵弁，有司由蛋糕擔任，她馬上也快有自己的成年禮了，只不過是從加冠變成了笄禮。三木水和森淼都十分重視蛋糕的成年禮，這次讓她來擔任有司，也是有學習的目的在。

祁謙最後一次換上新服，他此前差點再一次因為這三套衣袍的訂製被祁避夏和設計師折磨瘋了。

顧師言的祝詞也變成了：「以歲之正，以月之令，咸加爾服。兄弟具在，以成厥德。黃耇無疆，受天之慶。」

意思就是今天真是個好日子啊好日子，三冠一一為你加上，你的兄弟朋友都來參加，祝你BALABALA……

三加彌尊，加有成也。

三加禮完了，就要開始舉行醴冠者的儀式，陳獻禮器，大家互相祝酒，這也是祁謙第一次碰到酒精。說實話，味道不怎麼樣，在祁謙嚐來就是壞了的食物，熱量也不夠高，真不知道為什麼地球人會這麼喜歡，反正祁謙是打定主意以後不嘗試了，還不如喝可樂、牛奶來得實在。

答謝來賓，感恩父母的環節還有個小插曲，就是身為母親的角色要接受孩子一拜，然後回拜孩子兩次。

祁避夏曾和費爾南多就到底誰來回這兩拜都爭執了有些時日，最終……費爾南多無奈妥協。他的原話是：「形式不重要，重要的還是在床上。」

咳，少兒不宜的話題就此打住。

「我看了什麼？費爾南多竟然是受！」

「天啊！一直以為陛下是女王受的表示被逆配對好憂傷。」

「只有我覺得健氣受也意外的很有萌點嗎？」

「問題是費球王不是健氣啊，明明應該是忠犬攻的QAQ」

「也許就是因為太忠犬了，陛下在這個時候抹不開面子，於是……」

「前面腦得一手好補！」

「給前面的前面按讚！萌點滿滿，根本停不下來！」

等儀式上大家互相你謝謝我、我謝謝你，終於謝完了之後，就由顧師言開始為祁謙賜表字了。表字是C國的傳統文化，雖然到了現代幾乎已經沒什麼人用了，但戶籍表上還是專門為表字留了位置，可以取也可以不取，而世家子弟基本上人人都有。

也是在這次，祁謙才知道祁避夏的「避夏」二字是他的表字。一開始「避夏」是他的藝名，後來成年的時候就乾脆用「避夏」做了表字，祁避夏的原話就是圖省事，名字太多記不住，萬一取的表字不好聽，一定會和名字一樣後悔死。也是基於這個原因，祁避夏的真名到底叫什麼，他死活沒說，無論是費爾南多還是祁謙都不知道。

祁謙的表字則最後定了「廷益」二字，取《尚書》中的謙受益，用結果「益」來擴充前面的「謙」字。

顧師言在宣布表字之前就還是那一套，今天真是個好日子啊好日子，祝你BALABALA，賜汝表字廷益。

祁謙真的很佩服古人這種能把一個意思用不同的句子表達四、五次的能力。

「顧老爺子真不愧是文學大家。」

哪怕是彈幕上的眾人此時此刻也只有這一個感想了。

表字之後就是大家都喜聞樂見的環節了——上禮，俗稱給錢。

誇張一點的，一趟成年禮之後就可以自己開家公司了，不用犯愁創業第一桶金的問題。祁謙也是如此，祁避夏請的人不多，但貴精不貴多，大家都十分有錢且大方。粉絲們也紛紛送了成年禮，並且是直接寄到了白齊娛樂的總部，根本沒辦法退還，索性祁謙的經紀人阿羅就決定在成年禮上代表粉絲一起送給祁謙，表達了他們對這些禮物的重視和感謝。

「看到我送給殿下的禮物了嗷嗷，此生足矣！」

「>///< 殿下要永遠幸福啊！」

「被殿下謝謝了呢，雖然知道殿下感謝的是所有人，但我堅信殿下其實只是想謝謝我而已，嗯！」

「嗯！」

「嗯！」

再後面就是大家一起去餐廳吃吃喝喝了，這裡也就媒體止步了。

不少粉絲對著電視和網路表示了深深的遺憾，粉絲總是很希望能參與到自己喜歡的偶像明星的生活裡，祁謙現場直播的成年禮給了他們一種彷彿自己也在現場的幸福感，可惜成年禮終究還是太短了，很快這個夢就醒了。

◎◆◎◆◎◆◎

之後，粉絲們把這份遺憾轉嫁到了別的地方，好比C國某個著名的網路論壇再一次掛起高樓，覺得祁謙最大的成年禮物肯定是不久之後的小金人，影帝的位置非祁謙莫屬。

結果……祁謙依舊是得了提名未獲獎。

「我殿笑得好苦澀，心疼死了……」

在彈幕陪伴下，不少看了轉播的粉絲都在為祁謙叫屈。

「我殿不哭，站起來擼！」

「小金人評委會跟殿下有仇嗎？明明無論是艾斯還是達生，殿下都演得那麼棒！」

「簡直不能忍！」

C國人民選擇獎，在次年還特意開了個新獎項——最可惜沒能獲獎的提名者獎項，祁謙以驚人的票數得到了該獎項，讓他哭笑不得。

而就像是為了安慰祁謙似的，祁謙再一次獲得了小金人評委會的安慰獎，這一次是最佳男配角。那也是祁謙演了男配角的那部電影唯一斬獲的獎項。

陳煜則終於在這一年問鼎了影帝，如他母親林珊所願的那樣成為了最年輕的影帝。

在緊隨其後的小金球的頒獎儀式上，祁謙則打敗了陳煜，以達生的角色獲得了小金球的最佳男主角，問鼎小金球獎的影帝。

兩人都十分遺憾的沒能成為雙料影帝。

艾斯少將三部曲拍完之後，三木水見好就收，為避免經典變爛片，他表示將不會再拍攝艾斯少將的番外電影，轉而專心致志的投入到了小說作品的創作中。他的本職是小說家，而不是電影編劇。

月沉也在和三木水合作完這三部電影之後，又找到了人生新的突破——導演舞臺劇，並對祁謙發出了邀請。

嚴正、嚴義兄弟則準備十年磨一劍，爭取磨出來一本好劇本，好把祁避夏和祁謙這對父子檔完美的加入電影裡。

祁謙則謝絕了月沉的邀請，準備和小金人死磕到底，既然屢戰屢敗，就要屢敗屢戰，換個以往沒演過的角色，下次絕對要拿下小金人。

至於祁避夏和費爾南多這一對，從他們在世界盃決賽上擁吻開始，他們兩人之間的感情就一直為人所關注。媒體想盡各種辦法要打聽他們倆的事情，有段時間甚至只是他們倆和祁謙、除夕一起晨跑的照片，都能登上頭版頭條。兩人的粉絲也互掐了很長一段時間，就到底是誰耽誤了誰的問題，粉絲最終艱難達成一致——相約天臺見。

費爾南多苦惱的發現，在即便他已經退役了很長一段時間的現在，依舊有極端粉絲表示他要是結婚就去自殺。他苦笑道：「我一直以為這是你這樣的明星的專利。」

祁避夏隨意的翻著手裡的雜誌，不甚真誠的表示：「歡迎加入我的世界。」

不管如何，祁避夏和費爾南多的婚禮，還是在祁避夏自己的小島上如期舉行了。這是個很私人性質的婚禮，只邀請了幾十個親友，杜絕了一切媒體混入婚禮的可能性。祁避夏的伴郎是祁謙和裴越，費爾南多的伴郎則是他在足球隊的隊友們。

吸取了米蘭達當初的西方人穿古裝不倫不類的經驗，這一次祁避夏和費爾南多的婚禮選擇了西式，兩人都是統一的白西裝，帥氣非凡。

婚禮地點則選擇在小島一處天然巨大的暗礁上，藍天碧海，金沙斜陽，還有海鷗相伴，一切美得像是童話。婚禮特意選在了黃昏，朦朧中透著聖潔的光芒，在替裴安之主持過葬禮的光明教紅衣大主教的主持下，祁避夏和費爾南多成為了被光明女神祝福的一對。

事後祁避夏問費爾南多：「你信光明教？」

費爾南多一愣：「不是你信嗎？」

鬧了個大烏龍的兩人默契的決定塵封這件囧事，婚禮上總會狀況百出，也沒有媒體會挖到這個細節，無所謂啦。

「那麼，新郎可以吻新郎了。」費爾南多在婚禮之後的新房裡對祁避夏如是說。

關燈之後就是第二天，祁避夏和費爾南多直接開始了他們的環球蜜月之旅。

「他們倆昨晚根本什麼都沒做吧，精力乳齒（如此）旺盛。」福爾斯坐在海灘上，掐指一算道。

「不要告訴我你瘦下來就是為了去做些什麼浪費精力的事情。」蛋糕瞥了眼福爾斯。

「……從什麼時候起，妳也點亮了黃腔技能？」福爾斯抬頭看向蛋糕，滿目錯愕。他突然有點理解了父母無意中發現他藏在床墊下的十八禁雜誌時那五味雜陳的心情，純潔無邪什麼都不懂的小天使，毫無過渡的變成了一個五色斑雜的大染缸，這其中的落差確實讓人難以接受。

「從我滿了十八歲之後。」蛋糕回答的乾脆極了，她一直都屬於那種很明白該在什麼年齡做什麼事的人。小時候主要負責的就是傻玩，什麼都不用想，長大了也會勇於承擔成年人的責任。

所謂長大的標識，在蛋糕看來就是她的成年禮。

蛋糕的成年禮就在不久前，和祁避夏的婚禮挨得挺近。本來按照三木水的意思是希望能等蛋糕大學考完之後再辦的，奈何蛋糕卻強烈要求像祁謙那樣把十八歲的生日和成年禮一起搞定，據說是為了省事，真相則是她想藉故蹺課。

「還需要理由才蹺課的人，根本算不得成年。」福爾斯的表情嘲諷極了，「看哥，在大學裡想逃就逃，根本不需要理由。等等，妳在幹嘛？」

「錄音，一會兒飛機上好放給米蘭達阿姨和蘇叔叔聽。」蛋糕回答得十分淡定。

「求放過啊姐姐！」福爾斯立刻變得特別沒有節操。

「交出減肥秘方就饒了你。」作為一個從小就特別漢子的女性，蛋糕也終於在成年禮之後覺醒了她的女性之魂，開始關心起身材和化妝之類的話題。

「他不是在世界盃上累的嗎？」祁謙插話進來。

此時，以祁謙為首的幾個小夥伴們，正並排躺在海灘的大太陽底下，享受著完全不用擔心媒體狗仔拍攝的度假生活。

昨天大人們都喝得爛醉，回去的飛機怎麼樣也得吃過午飯之後才能起飛了，於是昨天沒怎麼沾酒精、起得特別早的幾個人就相約了來海灘上玩耍。從這裡遠遠的還能看見對面屬於裴越的小島，據說裴越在上面養了不少野性難馴的大型食肉動物，沒有專人的陪同，祁避夏嚴禁祁謙去那邊的島上湊熱鬧。

蛋糕拍了幾張風景照，還有祁謙只穿著泳褲的側身照，一併發到了自己的微博上：「婚禮結束的第二天我和祁謙哥哥、福爾斯、陳煜哥哥以及裴熠哥哥正在海邊開臥談會，有什麼想問的趕緊提。」

熱情的粉絲也沒有辜負蛋糕的一番好意，問了各種稀奇古怪的問題，好比裴熠和祁謙到底是不是一對，也好比陳煜和祁謙誰攻誰受，更好比福爾斯到底是怎麼瘦下來的。

蛋糕最終選擇了她比較感興趣的也沒有任何生命危險的問題——福爾斯是如何減肥的。

「我和福爾斯一起去當世界盃志願者，他根本就沒瘦，我看是世界盃結束之後才瘦下來的。」蛋糕這樣回答祁謙。

「大學的軍訓啊姐姐……」福爾斯一臉苦相，提起地獄一般的軍訓經歷，他就有說不完的話，訴不完的苦，「妳是不知道軍訓有多變態，訓練苦，睡覺少，飯還不好吃！要不是為了生存我是一口都吃不下去。軍訓還必須拚命，因為在軍訓之後要考試，考試不過明年還要再來一次，我這輩子都不想再遇到訓練我的那個變態了！考試內容甚至還包括騎馬！」

「不要說得你不會騎馬一樣好嗎？」蛋糕等人從小就會跟著父母出入馬場、高爾夫球場這類成功人士無論是否真心喜歡總愛紮堆聚集的地方，耳濡目染之下自然也都會一點，蛋糕在十二歲的時候得到了她人生中的第一匹小矮馬。

「等軍訓的時候妳就明白了，妳所謂的會，在他們眼裡不過是小孩子在玩。對了，私下裡的補習才是真正的噩夢。」

「私下裡的補習？」所有人一起挑眉，最後的尾音挑高以示詫異。

「幾個人？」除夕大概算是最早敏銳的感覺到情況不對勁的。

「單獨輔導啊，教官跟我說有些人就會如此，在晚上大家都休息之後，各個教官會對表現太差的人進行單獨輔導。你們沒經歷過嗎？」福爾斯睜大一雙眼睛，心裡想著到底是誰的世界觀出現了問題。

「從未有過。」最正常的讀了四年大學畢業的陳煜第一個表態。

除夕和祁謙也都跟著搖頭，除夕是上輩子經歷過軍訓；祁謙上大學時雖然年齡小，卻也是經歷過軍訓的，甚至表現的比普通大學生還要優秀，他「十項全能、沒有什麼不會」的傳言，基本上就是從那個時候開始的。

「他手把手的教你的？」

「是啊。」福爾斯還是沒有想到這有什麼不對。

「他的手會觸摸到你身體的那種？」蛋糕的表情已經微妙得不能再微妙了。

福爾斯點點，還奇怪的反問：「他不碰我，怎麼告訴我什麼樣的姿勢是正確的？」

「……按理說你也是個挺有理論知識的人，甚至還談過一次同性戀愛，怎麼能在這個時候這麼蠢萌？！你軍訓的時候到底經歷了什麼，被洗腦了嗎？！」蛋糕乾脆就直說了：「你被占便宜揩油了啊白痴！」

「！！！」

一時間大家都沉默了下來，表情古怪。福爾斯沒反應過來，並不是讓他們如此沉默的原因，而是福爾斯這樣的，對方都能揩油……這真的是讓人很難理解對方的審美。

包括福爾斯自己：「這不可能，我以前胖成那個樣子！我教官可帥啦！」

「怎麼證明？」蛋糕表示她才不信呢。

「我有照片！」福爾斯氣呼呼的打開自己的手機，用3D投影展示給眾人看，「看！」

不得不說，福爾斯的審美還是正常的，他說帥就是真帥，即便只是投影影像，也已經能感覺到來自對方致命的吸引力，眼睛和嘴角掛著一絲邪性的壞笑，連蛋糕都看得有點臉紅。

「可惜了，這麼帥的一個人，眼睛卻有問題。」

「所以說你們想歪啦！他怎麼、怎麼可能喜歡我，還揩油？別開玩笑了。」福爾斯始終不相信蛋糕等人的推論，順便在很帥的教官旁邊放了一張自己以前的3D投影，基本上就是一個人類旁邊站了個大番茄。

「那試試好了。」陳煜提議。

「試試？」福爾斯有點不明所以。

「你手機裡有他的手機號碼吧？手機給我。」陳煜伸手，要走了福爾斯的手機，然後發了一封簡訊給那個被福爾斯備註為「大變態」的人。

「昨天參加祁叔叔的婚禮，喝得有點暈，好難受。」

連好奇心不算太大的祁謙都探過了身來，看陳煜打算做什麼。

不到一分鐘，福爾斯的手機就響了起來，來電的自然是那位大變態。視訊電話一打開，沒等福爾斯解釋說這是朋友故意開的玩笑，那頭教官磁性的聲音已經傳了過來：「你沒事吧？怎麼突然難受了？徐森長樂不是剛剛還發微博說你們在海邊玩嗎？吹著風了嗎？」

哪怕是不信如福爾斯，也覺得這話太過急切了，最主要的是還關注了蛋糕的微博，誰沒事幹會關注別人朋友的微博啊？

其他小夥伴們紛紛帶著一臉「我只能幫你到這裡了」的表情悄悄退散了，留給了福爾斯和教官先生足夠的私人空間。

等人走完了，福爾斯才紅著一張臉小聲的解釋說：「我沒事，剛剛手機被蛋糕他們拿去了。簡訊是他們發的，為了測試、測試……」

「我喜歡你。」對方大方的承認了。

「啊？」福爾斯被嚇住了。他知道對方出身大世家，還是直系嫡子，不缺錢也不缺權，根本不會圖他這個小人物什麼，之所以會來當他們的教官也是事出有因，他們會碰上真的是出於意外……福爾斯自覺自己長得也不好看，哪怕是現在瘦下來也就是正常容貌，「你怎麼會喜歡我呢？」

另一邊，即便隔得再遠也能把福爾斯和教官的對話聽得一清二楚的祁謙也在奇怪，他對除夕說：「讓 2B250 查查這個教官吧，別是……」

「應該不會是維耶的人，他沒那麼大能量。」自古官匪就不可能是一家，特別在這個匪還是國外勢力的時候，他們根本滲透不到本國的軍隊裡。C國對軍隊的管理是世界之最的嚴格，特別還是在教導本國未來人才——大學生——的這種事上，更是會小心再小心。

不過除夕還是去查了一下，確定對方真的沒有和維耶有任何牽扯。

祁謙依舊覺得不可思議，「所以說，這個教官是真的看上了福爾斯？」

「這大概就是所謂的真愛吧。」除夕除了這個說法以外，是真的找不到任何形容詞了。

一行人就在吃過午飯後，搭乘私人飛機各回各家、各找各媽了，福爾斯全程都跟丟了魂似的。

◎◆◎◆◎◆◎

回到C國，就又到了這一年世家們在春夏交接之際的社交季了。

作為社交季的開場舞會，則是從去年社交季到這一次社交季中間成年的世家子弟與名媛們初次踏入社交季所參加的第一場舞會。

這是幾百年前，在C國皇室最著名的榮親王還在世時，被他從E國引入C國的傳統。古代C國其實也有類似的社交，不過一般是由某地位較高的女性舉辦的詩會、賞花會，從榮親王之後，才有了社交舞會。各世家名媛會身著純白無瑕的白色禮裙，戴冠冕和白手套，在同樣剛剛成年身著傳統黑色晚禮服的世家子弟牽引下，被介紹到各個世家面前。

C國最正式的社交舞會，當屬由一直處於神隱狀態的皇室在帝都皇宮內舉辦的那場，祁謙因為身後的白、齊、祁三家而得到了邀請。

皇室地位崇高，卻沒有實權，其象徵意義已經遠大於實際意義。各國的皇室成員也各不相同，好比C國大多皇室成員信奉的是低調無為，鮮少出現在公眾面前，最忌諱的就是因為負面緋聞被報導。比起裴越那個身為E國王儲的前男友，C國的皇室真的是保守許多。

不過，C國皇室近年來也開始有了轉型的打算，這一次能邀請身為公眾人物的祁謙參加全國最高規格的社交舞會，就是皇室的一種表態。

這個已經沉寂了太多年的古老家族，漸漸開始再一次高調的回歸到世人眼前，改走親民路線。

舞會因此變得更加引人矚目起來。

皇室社交舞會受邀名單的挑選十分嚴苛，曾經的挑選範圍只局限於C國大世家的嫡女，後來才慢慢改變規則，擴大了範圍，卻也同時讓挑選的規則變得更加嚴厲起來。

以至於演變成如今能受邀參加的名媛，不但要出身擁有悠久歷史的名門，同時家族在當世也必須對得起名門這個稱呼，光有歷史而沒有現在的成就也是不行的。受邀的名媛本身必須在族內地位顯赫、血統純正、身材高挑且才貌雙全，還不能有太過負面纏身的緋聞。

這麼說吧，能獲邀參加舞會，就是一種對名媛的肯定，也是很多人引以為傲的資本。

整個C國乃至全球的名媛，從很小的時候開始就在為之做準備，渴望自己能收到邀請。穿著最華美的頂級訂製服，手挽著同樣出身不凡又相貌英俊的男伴，在全球各大傳媒巨頭和世界各地名門望族、社會名流的注視下，伴隨著自己輝煌的出身介紹，緩緩從鋪著紅色天鵝絨布的臺階上走下，在全世界最古老、最輝煌的宮殿裡，為女皇翩翩起舞。

女皇？

是的，女皇，C國這幾十年坐穩皇位的是一位充滿了智慧與優雅的高貴女性。

雖然說現在挑選的範圍已經從C國的大世家擴展到了全球各地的名門望族，但每年能收到邀請的二十四位名媛中，還是以C國世家居多。無論那一年有多少優秀的名媛要踏入社交圈，皇室都只會堅持挑選其中最優秀的二十四人。當符合資格的人選不夠時，皇室甚至會本著寧缺毋濫的思想，只邀請合格的淑女，二十四只是個上限數字，不是一定要湊齊。

其中最典型的例子是某一年，有個祖上曾位列親王的家族族長最受寵愛的情婦所生的女兒，為了能出席舞會而故意致使其中一位受邀名媛從樓梯墜落，無緣參加舞會。她以為這樣她就能夠頂上，結果皇室卻提都沒有提此事，只是把二十四個席位變成了二十三個。

無論如何，在C國的國情下，非婚生子女都是無法和婚生子女擁有同等地位的。

這是從很早以前就被樹立起來的傳統。

有人說非婚生子女也很可憐，他們並不想帶著這樣不名譽的身分被生下來，應該給他們一個公平的機會。可也有更多的人覺得，即便大環境如此了，依舊有人會鋌而走險的生下私生子，甘願當小三，為什麼？還是因為有利可圖。而一旦讓非婚生子女得到和婚生子女一樣的合法地位、得到更大的利益……說不定會亂成什麼樣子。

所以哪怕會被世界詬病，C國也始終堅持立場，沒有抬高非婚生子女的社會地位。

祁謙覺得這個可以簡單的總結為沒有買賣就沒有殺害。小三的孩子得不到合法繼承權，自然也就不會有那麼多人上趕著為了「愛」而不在乎對方有沒有妻子、有沒有孩子了。

當初祁避夏在認祁謙的這個問題上是費了很大一番周折的。

幸而祁避夏當時本身沒有妻子，祁謙嫡子的身分才在白、齊兩家共同的周旋下得到了肯定，祁避夏的婚姻史上也多了一位他其實完全沒有印象、已經死了多年的祁謙的「生母」。

不過終究是後辦的手續，祁避夏生怕有什麼不穩妥的地方，所以才會在後來那麼堅持那份婚前協議。

也賴祁避夏當初考慮的周全，這才有了祁謙成年禮之後的今天受到皇室的邀請。

一開始，皇室社交舞會上名媛的男伴其實只是名媛的點綴，皇室只對其外形和身分有要求，這些年才漸漸向剛剛踏入社交圈子的世家子弟靠攏，一般已經參加過社交季的子弟是不予考慮的。

如今，世家子弟和名媛淑女的地位開始等同，曾經的二十四個女性名額，也變成了二十四個名額不分男女。

在今年祁謙入選之後，他又獲得了一個十分新穎的特權，除了以前就可以邀請的十個見證人的名額，今年又多增加了一個自主選擇舞伴的名額。在最早以前，皇室只邀請初入社交圈名媛時，她們的舞伴是由皇室指定的；後來轉變成二十四個名額各給男女一半，內部組成十二對舞伴；如今，又變成了自主指定舞伴，其實也就是變相的在增加受邀名額。

二十四個人如果都邀請的是別人，那就變成了四十八人，直接翻了一倍。

祁謙這次受邀皇室社交舞會，早早的就受到各大媒體的關注，在大張旗鼓的報導下人盡皆知，而這一切都是經過皇室首肯的。在得到他可以邀請一位女性的確切消息後，更是出現了舉國沸騰的神奇場面，無數少女都在幻想著自己能成為這個沒有門檻要求的幸運兒，由祁謙邀請，去參加皇宮的舞會。

但是皇室舉辦的舞會又怎麼可能真的沒有門檻要求呢？最起碼在祁謙收到的邀請函附件上，就對他說明了舞伴的外形、性別以及年齡等要求。

「為什麼跳舞一定要一男一女呢？明明皇室也是很贊同同性婚姻法的，還有不少人和同性結婚。」祁謙拿著附件向除夕抱怨，他心目中最合適的人選自然是除夕，可惜性別不太合適，年齡似乎也不太符合要求……

「身分也不對。」除夕笑著補充。

裴家勢力再大，終究已經不再是很多年前那個正經八百的裴姓世家了，最起碼皇室不會在明面上表達對帶有一些黑社會性質的恆耀集團的重視。作為全國的第一家庭，皇室看似神隱，但他們的一舉一動還是會牽一髮而動全身，關乎著全國的風向。

最終祁謙對蛋糕發出了邀請，這是他唯一認識的、符合要求的、自己也很喜歡的舞伴。

蛋糕欣然受邀，她的兩個爸爸雖然也都是名人，可惜發跡是從他們這一代才開始的，不符合「名門望族」這一要求，蛋糕也就只是在小時候幻想過，從未敢奢望自己有天真的能參加，甚至都不敢對爸爸們說，怕讓他們難過。

不過……

「我怎麼覺得從附件的要求上來看，皇室其實是在暗示你邀請信陽郡主呢？」

信陽郡主也算是C國皇室中的一朵奇葩了，在整個皇室都處於神隱低調的大背景下，她偏偏搞得全球聞名不說，而且還不是什麼好名聲。

在這些糟糕的名聲裡，首當其衝的——她是個私生女。

「維護正統」是女皇這麼多年來的堅持，矢志不渝，誰犯誰死，堪稱逆鱗一樣的存在。

而當初鬧出事情來的那位自詡為親王後裔的庶女，沒讓她頂替名額參加舞會，就是女皇個人的堅持。

女皇從小是受夠了父皇的情婦和庶子女欺負的苦的，一直忍耐到她上位親政，這才終於能一嘗夙願。她堅決不承認那些人的合法性，撤銷了那些耀武揚威的皇室宗親的一切頭銜與職務，貶為庶民，趕出了皇宮，並忌諱任何人在她面前提起他們也是先皇骨血。

而這個信陽郡主的存在，無疑就是狠狠的打了女皇的臉，並且是由和女皇關係一直忽冷忽熱、年事已高的太子造成的。

這件事情牽扯到一段太子以前的風流韻事，由於C國皇室一貫奉行的低調原則，大家瞭解的其實也不多，只知道「現在的太子妃是太子的第二任妻子，而信陽郡主正是第二任妻子的孩子，但是她的年齡卻比太子的原配所生的皇太孫還要大上六個月」這樣沒有辦法掩蓋的事實。

不過，像是祁謙的嫡子身分能活動一樣，信陽郡主的身分也因為太子和女皇多年的「鬥爭」而得到了承認，從她郡主的封號裡就能看出來。

但女皇妥協的條件是信陽郡主不得出席成年那年的皇室社交舞會……因為她名聲不好，除了私生子以外的名聲。

信陽郡主也算是個真正有公主病的公主了，本身的身分就不夠，還四處張揚，活生生把公主該有的驕傲搞成了人見人惡，沒腦子得可以，要不是看在太子的分上，根本不會有人搭理她。

去年信陽郡主就成年了，女皇堅持了她當初和太子的條件，哪怕太子長跪宮門也無濟於事，咬死了沒有鬆口發邀請給信陽郡主。這其實在世家眼裡就跟還是沒有承認信陽郡主的身分是同樣的意思，哪怕她有正式的名號。

於是愛女心切的太子，拗不過妻子和女兒的痴纏，就再生一計，想著讓今年會第一個出場的祁謙邀請信陽郡主當舞伴。就這個方式，信陽郡主還不太高興呢，覺得祁謙「不過一介戲子」！

在附件裡太子不好明說，只能暗示。結果……外星來的祁謙哪裡能看懂暗示，既然讓他選，那他就實實在在的選囉！其實即便祁謙知道，他也不太會按照太子所希望的選，外星人也有外星人的驕傲，他最討厭的就是不認識的人命令他、脅迫他做這做那，他偏偏就要選擇信陽郡主以外的人。

「怎麼，妳怕了？」祁謙問蛋糕。

比起信陽郡主徒有公主之名實如潑婦一般的性格，從小更像是真正的公主的蛋糕如白天鵝般昂起了自己驕傲的頭，說道：「怕？笑話！政府都要倚仗我父親公司的人工智慧呢，一個小小的皇室庶女我怕她？太子能不能在女皇之後繼位還在兩可之間。」

相比起在個人感情方面表現出足夠愚蠢的太子，各方面都十分優秀、與祁謙一起成年、今年會作為社交舞會壓軸出場的皇太孫，反而更被外界看好。

祁謙選擇了蛋糕，打了信陽郡主的臉，讓這位皇太孫笑眯了一雙皎皎如皓月的眼，「你推薦的人選真是不錯，不枉我特意跟皇祖母說一定要邀請他來參加今年的舞會，信陽那個蠢貨已經砸了好些天東西了，真是大快人心！有機會我一定要和祁謙結交一下。」

與皇太孫視訊聯繫的那人，赫然正是福爾斯的教官。

◎◆◎◆◎◆◎

夜幕降臨，嘉賓齊聚，寶馬香車，紅桃碧柳。有超過一千名以上的名門望族、社會名流身著華服，受邀參加了這次皇室社交舞會的觀禮。

在莊重而又不失輕快的現場交響樂的伴奏下，一身黑色燕尾服的祁謙對蛋糕行禮發出了邀請，蛋糕執裙角回禮，然後伸出了自己戴著白色長袖手套的手，挽住了祁謙的胳膊，一起緩步走下臺階，開始了這次社交舞會的序幕。

背景介紹裡說的自然是祁謙從祖上八輩開始的老黃曆，好比他那位曾位列諸侯的先祖。蛋糕一開始還擔心自己家沒什麼好說的，忐忑不安了好久，後經人提點才意識到，她只是被邀請來的舞伴，大家關注的始終還是祁謙這個世家新貴，根本沒她什麼事……她只需要負責陪著祁謙跳完開場舞，再小心翼翼的橫掃舞會食物而不被人發現就ＯＫ。

「那可是國宴啊國宴，妳知道有多少人這輩子都吃不上一頓嗎？！」福爾斯在蛋糕臨行前曾這樣對她說道。

蛋糕一開始對此其實是很不屑的，她的家庭條件不謙虛的說已經算是C國頂尖了，什麼好吃的沒吃過？什麼菜色沒見識過？她不覺得自己會很沒有節操的為一道菜就折腰。

結果……

徐森長樂在十八歲那年明白了一個真理，她就是這麼的沒有節操。

C國向來強調家族的文化底蘊，存在即合理，之所以強調自然也是有其道理的。蛋糕在嚐到宴會上的食物之後，也開始贊同了這個理論，細微之處見真章，哪怕是一樣的食材、一樣的菜式，不同的廚子做出來也會是不一樣的味道。皇室傳承了這麼多年的御廚，自然不是外面那些所謂的幾星大廚可以比擬的。

「要是我能一輩子都吃到這樣的菜色就好了。」蛋糕對著星空祈願。

從長到彷彿一輩子都走不到盡頭的臺階上下來的路上，蛋糕一直都在心裡想著一個專注的問題：求別崴腳，求別崴腳，一定別崴腳！

蛋糕此前從未穿過細跟的高跟鞋，頂多是幾公分的坡跟鞋，這次舞會一上來就要求高難度的十公分細跟，哪怕此前已經在家裡練了無數次，昨天還特意在大廳裡排練了幾次，她心裡依舊沒底。

幸而，在練習的時候遇到了一個不知道名字的同齡人，寬解了她不少，她才在今天沒有緊張的暈過去。

對方還教蛋糕一個很有用的消除緊張的小技巧，在舞會開始前，在手心上寫下「緊張」兩個字，然後一口吃掉！雖然說來感覺挺幼稚的，但等蛋糕平穩的達到地面之後，她表示，那人的辦法真的挺有用的。

蛋糕身側的祁謙全程都十分從容，面色淡定，站姿筆直，沒有一丁點害怕或者緊張的情緒，表現得再完美不過，就像是教科書般的典範。事實上，完全不懂這些的祁謙真的是按照教科書的標準來的，沒有一點自由發揮，全部都是皇室特意請來為他們上課的禮儀官在昨天要求他們做到的標準，沒有少一分，也沒有多一分，如果拿尺來量就會發現，祁謙每一步的間距都是一模一樣的。

這次社交舞會總共有十四對年輕的舞伴，也就是說二十四個邀請人裡，包括祁謙在內，只有四人邀請了邀請名單裡以外的人，剩下的二十人都還是按照傳統選擇了內部消化。

沒有誰邀請信陽郡主，她覺得丟臉，連今天的社交舞會都沒有跟著太子和太子妃出席。

當十四對年輕人都齊齊站在龍椅兩側之後，年事已高卻依舊很有精神的女皇才在一大堆人的跟從下，從旁門進入，坐到了雕琢得金碧輝煌的龍椅上。

鴻臚官開始一一向女皇再次稟告受邀的年輕人的身分。

在簡略的說完一人的身分之後，那人就會帶著自己的舞伴上前對女皇單獨行禮，女皇或微笑示意，或簡略的與相熟的年輕人說上一二。

此前和女皇全無交集的祁謙和蛋糕是第一個上前的，女皇看上去心情不錯，哪怕她和祁謙並不認識，也熱切的問了兩句。只有少數人知道女皇這是在對祁謙表達感謝，感謝他帶徐森長樂當舞伴，而沒有選擇信陽郡主。

當祁謙被稱讚為是個有上進心的好孩子時，站在旁邊觀禮的祁避夏差點激動的捏折了費爾南多的手。

每個受邀的世家子弟都有邀請十個見證人來觀禮的名額，而祁謙的名額自然是給了祁避夏、費爾南多、裴越、除夕、福爾斯、陳煜、顧格格以及蛋糕的兩個爸爸。

至於白、齊兩家的人，他們並不需要這個名額，每年皇室都會對他們發出邀請。只是他們一般並不會到場，除非是家裡有直系嫡系的子女要參加舞會時才會來，好比當年齊雲靜、齊雲軒受邀時，也好比今年的祁謙。白冬、白安娜、白秋、齊雲靜、常戚戚等人都悉數到了現場觀禮。

女皇是真的很高興祁謙的選擇，甚至還對蛋糕說了幾句讚美和鼓勵的話，並表示她知道蛋糕的爸爸森淼對國家的貢獻，也很欣賞三木水的文采。

總之就是女皇徹底打了太子的臉，充分表達了她對兒子越來越不像話的不滿。

太子和太子妃就站在女皇的不遠處，笑得十分勉強。

待女皇將十四對年輕人一一接見完之後，十四對年輕人就按照事先排練好的那樣在舞廳正中央錯落有致的分開，隨著音樂翩翩起舞，開始了這場社交舞會的開場舞。

在跳舞的時候，蛋糕才對祁謙表達了一開始的驚訝：「那個昨天給了我很有用的防止緊張小技巧的人是皇太孫！天啊！我昨天跟他說話的時候，還跟他熱情討論了一下如何在舞會上多吃東西而不被發現QAQ……我這輩子都不要再出現在皇宮裡了！」

「都跟妳說了少和福爾斯學。」祁謙除了無奈還是無奈。

蛋糕撇撇嘴，她自我感覺在吃貨這方面，祁謙根本沒有資格說別人，是誰控制個食量都能弄得全國皆知啊！

正準備反駁，蛋糕一抬頭就看到年輕的皇太孫遙遙的對她笑得燦爛。

「他一定是在笑話我！」蛋糕對祁謙篤定道。

「不怕，妳也笑話回去。」祁謙安慰道。

正是因為祁謙的這句話，帶給了蛋糕未來完全不同的人生軌跡。

皇太孫牽著自己手上足夠完美卻像是一個機器人的舞伴，好笑的看著昨天遇到的苦惱少女正對他笑得古靈精怪，心想著還真是個有意思的人，怪不得會被祁謙帶到舞會上，舞姿滿分，容貌滿分，性格……也要比其他人顯得生動，卻又不失禮。

於是，就跟較上勁似的，皇太孫和蛋糕都笑得越來越燦爛。

開場舞之後，十四對年輕人基本上完成了自己的任務，觀禮的社會名流們也開始紛紛入了舞池。皇太孫還請女皇一起跳了一支節奏很快的圓舞曲，那是女皇的最愛，跳得十分……有節奏感，讓人對女皇的健康程度再一次有了新的認知，不少人都因此篤定女皇肯定能超長待機，耗死太子，然後好名正言順的讓皇太孫登基。

蛋糕則早早的告別了祁謙，撲向了食物的海洋，想著福爾斯真的沒有騙她，這些都太好吃了！不枉此行，不枉此行！

福爾斯反倒是因為要躲他的教官，而沒能怎麼吃上心心念念的國宴。

福爾斯的教官複姓司徒，單名一個卿，字少卿，是自古就擔任大將軍一職，如今全家也都在軍隊裡的司徒氏嫡子。按照傳統，司徒卿自幼入宮，與皇太孫一起長大，順理成章的成為彼此互相扶持的好基友。他比皇太孫稍長一些，成年之後就被家裡送去了軍隊歷練，後來因為幫著皇太孫，得罪了信陽郡主，這才被發配似的調去教大學生軍訓，體驗了兩個月的苦日子。

帝都的所有人都在等著看司徒卿的笑話，沒想到這位小哥反而因為這次軍訓堅稱找到了真愛，並在努力坑蒙拐騙真愛進碗中。

福爾斯自然就是那個倒楣的真愛了。

乍然聽到司徒教官說喜歡自己，福爾斯是很慌亂的，還有點不可思議，想著過去那麼胖的自己也會被人喜歡，對方的眼睛是有多瘸？等冷靜下來再想想……無論自己過去是什麼樣子，司徒卿也不該趁著自己什麼都不知道的時候揩油啊，虧他下得了手，以及這樣未免太猥瑣了吧！和他正氣凜然的臉一點都不相符！

於是福爾斯就開始了躲避司徒卿的日子，打電話不接，發簡訊不回。司徒卿倒是不那麼著急，因為他知道祁謙肯定會參加社交舞會，而作為祁謙好友的福爾斯，又怎麼可能不來觀禮？他只要守株待兔就好，嗯，一隻肉肉的笨兔子。

「真不知道你喜歡以前的我什麼！」福爾斯被司徒卿逼得無處可走之後憤然道，連現在瘦下來的他都覺得過去的自己真的是有點太那啥了……

司徒卿思索半晌後回答：「有手感？」

「……」

「我開玩笑的。你為什麼要那麼在意外表呢？祁謙、徐森長樂他們和你當朋友的時候，也沒見他們介意你的體型啊！為什麼你就篤定我一定會介意？人可不能這麼雙重標準。」

總有那麼些人愛用自己的標準去揣測別人的用意和行為，看到美女伴著矮胖老的男人會覺得那男人一定是有錢人，那美女一定貪慕虛榮；反過來也是一樣，帥哥挽著矮挫醜站在一起，會想著那帥哥一定是吃軟飯的小白臉，那矮挫醜的老女人一定很有錢。在不瞭解雙方的身分、他們彼此又經歷過什麼的時候，你又憑什麼能輕易的對別人妄下評論？

說到底不過是心裡就是這麼覺得的，然後把自卑的惡意強加在了別人的身上，還沾沾自喜著以為是掌握了世界的真理，覺得這個世界就是這麼齷齪。

「你就不能正面而又積極的看待這件事情嗎？光明一點好不好？」司徒卿扳過福爾斯的臉，額頭抵著額頭道：「我喜歡你需要理由嗎？需要理由的又怎麼能被稱之為愛情？！我喜歡你，無論你身價為何，也無論你是胖是受，更不會管你是男是女，在我喜歡你的時候你就沒有任何缺點！無論是什麼，在我看來都是好的。懂？」

另一頭的祁謙則悄悄拉著除夕消失在了人群裡。

隱蔽的偏廳內，隱隱約約還能聽到大廳裡樂團現場的舞樂聲，祁謙對除夕發出邀請——

「我能請你跳支舞嗎？」

旋轉，滑步，你退我進，氣息與眼神不經意的交融，一圈又一圈，世界彷彿沒有盡頭。

X月O日　第二十四篇日記

我想變得和爸爸一樣

各種不在狀態的福爾斯組最終在偏廳巧遇了祁謙組。

「久仰。」司徒卿首先開口。

司徒卿要追人，除了事先想辦法打聽到福爾斯的喜好興趣以外，也順便摸清了福爾斯的人脈關係，一是方便追人，二也能排除潛在情敵。

眾所周知的，福爾斯有兩個從六歲開始就認識的好友，大神三木水的愛女徐森長樂，以及天王祁避夏的獨子祁謙。在這兩人中，司徒卿排除了身為女性的徐森長樂的威脅性。性別不同怎麼談戀愛，對吧？

司徒卿對被稱為國民男神的祁謙倒是頗為忌憚，直至他看到祁謙在偏廳與裴熠共舞，這才稍稍放下了一些擔心，雖然還是不怎麼能徹底放心，但最起碼他能對祁謙笑出來了。

「哦。」祁謙是這樣回答司徒卿的久仰的。

除夕趕在司徒卿被祁謙噎出個好歹之前進行了補充：「你好，我叫裴熠，是祁謙和福爾斯的朋友。你就是司徒教官吧？我和阿謙一起聽福爾斯說過你不少的事情。對吧，阿謙？」

「嗯。」祁謙終於給面子的點了點頭。他知道除夕是好意，不想他無緣無故得罪人，只是他大概這輩子都學不會客套話，什麼久仰久仰、改日再敘，還是可樂的爸爸謝影帝那樣有一說一的更合他的胃口，和司徒卿說話太累人。

「哦？」司徒卿一下子就被轉移了注意力，他對喜歡的人口中的自己自然更在意一些，饒有興味的追問著福爾斯都說了他什麼。

「揩油的變態。」祁謙特別誠實，足夠簡潔的提煉了他們那日在小島上談話的精華。

「……」

哪怕是對司徒卿目前處於避之不及狀態的福爾斯，都想對祁謙跪下了，更不用說除夕。對此，除夕的態度只能破罐子破摔，從「盡量幫助祁謙圓話」轉變為「雖然司徒卿日後注定會和皇太孫有一番作為，但要是對方因為福爾斯記恨於祁謙，他也只能先下手為強把人扼殺在搖籃裡」。

「有則改之無則加勉。」幸而，司徒卿妥協了。

司徒卿也不是沒有腦子的，他不可能全然不顧祁謙身後的白、齊、祁、裴四家，只為了這麼點小事就和祁謙針鋒相對。他在心裡安慰自己，祁謙這麼不會說話，福爾斯肯定看不上他。而且，能真實的知道福爾斯心中有關於自己的糟糕印象也是件好事，這樣他才好找到突破口，力求改進。他和福爾斯會有一輩子的時間，來討論他到底變不變態這個問題。

「正好遇到你，皇太孫一會兒希望私下能和你聊一下，有時間嗎？」司徒卿為避免自己再於祁謙面前找虐，決定早早的請走這尊大佛。

這次不安的感覺輪到了除夕。

上輩子除夕和皇太孫是全無交集的，只知道這位皇太孫越過他老子直接登基，是皇室轉型的重要人物，是個很有手腕見地的改革派，態度強硬。直至除夕上輩子被殺死，皇太孫也沒有結婚，對女皇為他介紹的各個特別適合聯姻的對象都不假辭色，堅持不肯結政治婚姻。這點尤其讓除夕擔心，生怕皇太孫其實也是個喜歡男人的同志。

「當然。」祁謙欣然應允。他多少還是懂一些人情世故的，他已經得罪了信陽郡主，就不好再把皇太孫一併得罪了。

「我能一起嗎？」除夕是肯定不會放心祁謙和皇太孫單獨相處的。

「這裡是皇宮，皇太孫是皇室的重要成員，他不會傷害祁謙的，反倒是你……」司徒卿的口吻不算太客氣，但意思足夠直白。除夕的身分到底是什麼，大家其實都心知肚明，一如裴越一樣，他們叔姪倆在皇宮的被警戒值，要比旁人高上那麼一個 level。

「我只是個合法的商人。」除夕抬手表示了自己的無辜。

幾番討價還價之後，司徒卿最終還是答應了除夕，因為……

「一會兒你們和皇太孫在裡面談事情時，福爾斯就交給我來照顧吧。放心，我會對他很好的。」

「成交！」趁著祁謙還沒反應過來，除夕火速的賣了福爾斯，和司徒卿達成了只有他們才懂的心領神會。

喂喂喂這是人幹的事嗎！福爾斯看著除夕的眼神裡充滿了怒火：「我自己能照顧自己，不用誰來照顧！」

「是這樣嗎？」司徒卿假意十分遺憾道：「真可惜啊，我本來還想帶你去皇宮裡一些不對外開放的地方參觀一下呢，好比御膳房啊什麼的……」

福爾斯咬牙對內心都快哭成傻子的自己說：要忍耐啊忍耐，一定不能被敵人的糖衣炮彈腐蝕自己鋼鐵一般的意志！

最終，除夕和祁謙在私下裡見到了皇太孫和蛋糕，福爾斯在司徒卿的介紹下認識了御膳房的一號御廚。

——我雖然有鋼鐵一般的意志，奈何沒有一個鋼鐵一般的胃，真不能怪我軍敗退得快，實在是敵軍太狡猾！BY：福爾斯。

祁謙和蛋糕正在互相問彼此一個相同的問題：「你怎麼在這裡？！」

「子華……哦，就是皇太孫，他說這裡可以隨便吃東西，還不需要注意形象。子華真是個好人。」蛋糕高興的跟祁謙說道，「你也是來這裡吃好吃的嗎？」

——一個妳，一個福爾斯，早晚有天會因為吃而賣了自己的。

祁謙在那一刻有感而發，並在以後證實了這個想法。

「皇太孫找我們來商量事情。」除夕替祁謙回答了蛋糕的問題。

「什麼事？」蛋糕轉頭看向皇太孫。

皇太孫找祁謙這個大明星，自然只能是關於拍戲的事情。皇室一直想轉型，皇太孫對女皇提出的人生中第一個政治建議就是——還有什麼會比拍一部有關於皇室的良心之作，更能對民眾洗腦的呢？呃，不對，是提升皇室形象的呢？

於是這部由政府、皇室以及皇家電影公司三方共同投資的電視劇，就這樣應運而生了。劇本請的是業界權威，根據皇室珍藏的史書紀錄來親自操刀的，力求在保留歷史原汁原味的同時，又開一些無傷大雅、令人印象深刻的腦洞。

這次的權威倒不再是三木水了，因為三木水一般只參與他自己小說電影版的劇本改編，他也沒怎麼拍過電視劇。皇室請來的這位編劇，是和三木水一樣的重量級老牌編劇溫老，曾參與過許多部由政府牽頭的公益宣傳片的劇本創作；導演是和溫老搭檔多年的翁老，兩人可以說是專門為政府拍宣傳性質電視劇的傳統組合。

他們打算拍的是以皇室和各世家最出名的先祖為主的單元劇，一季或者兩季一個主要人物，拍攝的也是該人物的主要歷史事蹟，爭取做到把那份歷史感和滄桑感拍出來，大氣又不失感性。

作為電視劇第一季的主角，自然是需要請一個能一下子就抓住觀眾注意力的紅得發紫的明星。皇室和政府也不得不承認，他們欣賞的那種老派的實力演員，不太適合當這個前鋒，但時下流行的那種花美男又實在是不為女皇所喜歡。

用她私下裡和親近的人說的原話就是：「讓這種娘兒們唧唧似的男人當主角，純粹是有辱先祖！每次看見他們我就想放那首母親的歌！」

只能說女皇其實一直都很有血性，哪怕老了，也不失當年的漢子風采。這也讓祁謙堅持覺得，皇太孫最後能和蛋糕喜結連理，主要原因就是蛋糕除了在智商上以外，其他方面都和女皇很像，投了她的眼緣。

既想要粉絲基礎，又想要有實力，看來看去能讓人滿意的，也就是近幾年來風頭一時無兩的祁謙了。在C國人眼中，此前一直在國外拍戲的陳煜，是比不上祁謙的親切感的。再加上祁謙小金球影帝的頭銜，以及曾有十年電視劇主演的經驗，女皇基本上就是欽點了祁謙來當這個第一季的男主角。

編劇組別出心裁，沒有一上來就直接道出錯綜複雜的龐大皇室恩怨，卻選擇了由一位世家祖先來側面烘托皇室的強大神秘，再用這個點引出後面的線和面的特殊角度。

女皇看好祁謙，編劇組就把第一季的主人公定在了祁氏位列諸侯的先祖身上，也就是以軍功起家、名震五洲，與皇室曾有過很長一段蜜月期關係的關內侯祁跡。

皇太孫這次找祁謙，正是想徵求他的意見，看看他是否願意演出。

其實這種事，一般沒有哪個演員會拒絕，特別還是飾演自己的祖先，肯定都會感激萬分的答應下來。皇太孫私下裡親自徵求祁謙的意見，更多的是表現一種重視與親近的態度。

祁謙雖然更想靠電影和小金人死磕，卻也能分得清輕重，不會推拒來自皇室的邀請。更何況，祁謙身邊還有一個熟知未來的除夕，他肯定是不會讓祁謙不答應的。

雖然除夕所知道的未來已經被改了個面目全非，但有些事情還是沒有改變的，好比這部注定大紅特紅的真實還原了C國古代宮廷原貌的電視劇。該劇在全球颳起了不小的宮廷風，別國皇室也在其後競相仿效，卻很難再超越這樣一部傾全國之力的經典，不少實力巨星到後期是寧可零片酬也想演個角色的。

雖然故事已經和以前的第一季不同，但除夕相信這部電視劇未來紅的程度只會增加而不會減少，可以說是對祁謙百利而無一害，不演才虧呢。

見祁謙能如此爽快的答應，即便已預料到祁謙不可能不答應，皇太孫也還是覺得被給足了面子。再一想到祁謙帶來的讓他覺得有意思的蛋糕，皇太孫是越想越高興。

「電視劇的名字是？」

「《天下》。」

十分簡潔又霸氣的名字。很少有人敢用這樣的名字，因為會怕故事格局太小撐不起這個名字，不如退而求其次。很多人都會這麼想，但女皇除外。

「我要的效果就是能襯起這個名字的大製作，如果你們辦不到，那我為什麼要雇你們？——皇祖母是這麼說的。」

「哦。」祁謙對劇名沒有任何意見，只是想著這大概是他接的片約裡面名字難得很短的一個。

◎◆◎◆◎◆◎

自上往下交代的事情總會做得很快，這是不管什麼政體、什麼制度都很難逃開的現實。政府和皇室想拍宮廷劇《天下》，社交舞會那晚才跟祁謙本人溝通過，第二天前幾集的劇本和合約就已經送到了祁謙和阿羅手上。

阿羅表示：「你去參加一趟社交舞會，都能幫自己攬這麼大個活兒，身為你的經紀人，我對你的敬業程度很欣慰。但咱們下次敢不敢先通通氣，商量一下再決定，嗯？」

「你說話的方式怎麼……」怪怪的？祁謙也說不上來哪裡怪，總之就是很違和，形容不上來的微妙。

「阿羅最近在追某部電視劇，被那一地區的方言洗腦了。」祁避夏在一邊很是愉快的解答了兒子的疑問。身為金牌經紀人，阿羅對電視劇的品味總是特別讓人擔憂，最近更是全身上下都在閃爍著biling biling的城鄉結合的味道。

「《天下》劇組也邀請了你加盟，怎麼樣，接嗎？」阿羅很生硬的轉移了話題，開始拖祁避夏下水。

祁避夏一愣，雖然他一直都跟祁謙說的是「只要有合適的劇本，我就會考慮重新拍戲的事情」，但其實他內心裡對此是保持著否定的態度。他是說，有太多的不確定因素，讓他根本沒有辦法邁出重新開始演戲的這一步，好比多年沒再接觸演戲方面的工作，除了拍攝MV以外，他的演技也許早就生疏了；也好比外面的局勢早已經是百級大號遍地走，昔日影帝不如狗了，他卻還是只有過去五十級就算滿級的榮譽，一個處理不好，他不僅無法得到嶄新的未來，還會毀了自己僅剩的過去……

所以說，這讓他怎麼敢去完成當初不過是一時感動而答應下來的糊弄兒子的承諾呢？

可是看著兒子滿心滿眼的期待，祁避夏真是掙扎極了。他是那種寧可丟臉丟到全世界，也不想失去兒子信任的類型。於是，最終他就只能一咬牙，一跺腳，硬著頭皮……開口問了一句：「什麼角色？」

祁避夏的內心活動則是：大不了就說角色自己不喜歡，然後推掉好了！為自己的機智按個讚！(<ゝω･)~☆

阿羅是少數幾個知道祁避夏真實想法的人之一，但他是極不贊同祁避夏的這種悲觀，一直試圖在背地裡用各種各樣的方式鼓勵祁避夏，卻始終沒能成功。如今看祁避夏依舊過不了心裡這一關卻逞強的模樣，他用眼神表達了一句「出息」的鄙視意思。

祁避夏假裝沒看見。

阿羅無奈，這才認命的講起了祁避夏的角色，他只能玩文字遊戲，盡可能的誘惑祁避夏答應下來：「那邊希望你接的是關內侯祁跡的父親祁生，也就是說在戲裡你還是當你兒子的爹，沒有多少鏡頭，因為是只活在記憶裡的那種已經亡故的人。」

事實上，皇室礙於祁避夏的負面緋聞，是不太想請他演出這個角色的，畢竟皇室要樹立的是健康向上的良好形象，一丁點的不好都不想沾。

最終力排眾議決定請祁避夏加盟的，是坐忘心齋掌門離道的一句話：「他可以。」

坐忘心齋和光明神教是C國最大的兩個教派，並都與皇室有著不小的淵源。坐忘心齋起源於C國，曾被很早以前的朝代立為國教；光明神教就更狠了，C國皇室歷史上很出名的榮親王胤祚，曾是光明神教的第二任聖子。

因為以上的種種淵源，現在皇室每一任繼位的皇帝或者女皇，都會盡力維持二教之間的平衡。

但人心本就是偏的，這是無法用理智去衡量的。所以幾乎每一任玩著權衡之道的帝王，其實內心或多或少都會偏向二教之一的某一教。如今的女皇就比較傾向坐忘心齋，而坐忘心齋現任掌門離道，曾在年少時欠過祁避夏一個因果。

前面說過，祁避夏這名蠢萌青年用這個無數人想都不敢肖想的人情，只求了離道替他兒子成年禮時占卜一下正賓。

離道深感祁避夏好糊弄的同時，也承情再想辦法補償祁避夏一二。這其中之一，就是在女皇來詢問離道，舞會邀請祁謙以及請祁謙演出宮廷劇《天下》是否合適時，離道投了贊成票，並推薦了祁避夏來演本身沒有什麼存在感的祁生。

「這個角色演活了，無論是對電視劇本身，還是皇室形象，都會大有裨益。」離道是這樣對女皇說的。

女皇年輕時並不迷信，甚至是有點鄙視這個的，但如今老了，卻反而對鬼神之說有了敬畏之心和依賴之情。她對離道的話雖然堅信不疑，但還是有點疑惑道：「如果這個沒有多少戲分的角色關乎未來運勢，我們是不是該更加慎重的選擇一個演員？」

「不，祁避夏就剛剛好。」

離道這話其實也不算是騙了女皇，因為無論是史書上還是劇本裡，祁生這個角色都和祁避夏本身有幾分相似，少時是個不學無術的紈褲子弟，整日撩貓逗狗、欺男霸女，是城中無人不知、無人不曉的混世魔王，與祁避夏現在的名聲有著異曲同工之妙。

但人總是分兩面的，一如祁避夏在對待祁謙這個兒子的問題上，也一如祁生。正是這個無法無天的小霸王，在「胡人來襲，城中知府男扮女裝逃跑，棄城中百姓於不顧」的危難時刻，發出了誓死守城的宣言，組織城內百姓和士兵聯合抗敵，直至身死也未曾屈膝投降；也就是在祁生身死的那一剎那，援軍終於趕到，殺盡了胡人，護住了城中大半的百姓。

關內侯祁跡在父親去世時，還只是個懵懂小兒。父親身死，母親自殺殉葬，父親的庶弟又趁著祁跡年幼，欺占了屬於祁跡的財產，動輒打罵，恨不得他早死。祁跡幾乎是靠城中曾感恩祁生庇佑的窮苦百姓的接濟下才得以成活。

祁跡從小長於叔父之手，一直聽到的都是有關於他父親的壞話，什麼不悌兄弟、氣死老父，最後被胡人所殺，是他活該的報應之類的；而城中之人多也容易記住的是過去的傷害，卻不是恩情。隨著時間的流逝，祁跡漸漸長大，說他父親好話的人越來越少，只有每天會悄悄接濟他、送飯給他的幾家人，還會堅稱他父親是個大英雄。

城內官員腐敗，坐享了祁生守城之功，根本不曾對上言明，之後那人因著這份功勞步步高升，將真相徹底塵封。

而祁跡這邊，隨著他不斷長大，叔父對他的防備更甚，害怕他得知真相後搶回財產，最終起了滅口之心，嫁禍祁跡殺人，並且成功了。礙於祁跡的世家身分，他的罪名雖是殺人，但卻沒讓他償命，只得了發配西北苦寒之地的懲罰。因緣際會之下，祁跡換頭換面，投身軍中，一步步建立了軍功，終於出人頭地。

總之就是個很傳統的喜聞樂見的苦主流劇情。

不過，這個只是前情提要，電視劇一開始，就是祁跡一戰成名，得勝歸京，上演昔日名著基督山伯爵的逆襲。這些受苦的往事，都是在後面才會被一點點鋪展出來，因此劇情主要圍繞的還是皇室、朝堂的鬥爭，而不是戰場。

祁跡的成長是明線，他結識了當時還只是個不受寵的皇子，也就是下一任皇帝，兩人披荊斬棘、過五關斬六將，最終鬥敗惡勢力，還天下清明。

祁跡的父親祁生的過去則為暗線，在別人的回憶裡，一點點從一個紈褲子弟蛻變成了守城的英雄。

最終結局自然是皆大歡喜的，祁跡為父親正名，奪了他父親守城之功的卑鄙小人也把自己搞死了，祁跡重新換回了自己本來的名字，榮歸故里，拿到了本該屬於他的財產，叔父一家也得到了應有的報應。

「其中，祁生得以改變的點，就是兒子祁跡的出生，這段歷史上沒有，是溫編的個人發揮，我覺得這個能幫助你改變不少的固有印象。本來大部分民眾早就因為《因為我們是一家人》而根深蒂固了你兒控的形象，很容易接受祁生為了兒子祁跡而明白責任的這個概念，之後祁生壯烈犧牲的悲劇結尾也會引導民眾，把對祁生的憐惜轉嫁到你身上。」

阿羅對祁避夏慢慢分析著。

「這是個好工作，你和劇本相輔相成，還能順便幫你洗白，讓別人漸漸開始覺得你過去的頑劣也許是有苦衷，又或者覺得你已經洗心革面。」

祁避夏無言以對，劇本很好，讓他找不到任何理由辯駁，最終只能答應下來。

於是，祁避夏和祁謙父子很快就開始了定妝照的工作。

祁謙還在劇組遇到了陳煜，他飾演祁跡的好友，也就是那個不受寵但在歷史上注定會成為下一任皇帝的五皇子。劇情剛開頭就是祁跡大敗敵軍的消息傳回皇宮，五皇子等幾個皇子被皇帝叫去分享喜悅，順便吩咐他們在太子的帶領下，親自去城門口迎接化作別名的祁跡。

城門下，意氣風發的少年身著鮮花盔甲；城門上，毫不起眼的五皇子一身朝服倚欄遠眺。不期然間，兩雙完全不同的眼睛，命中注定一般的對上了。

那一眼，便是永恆。

當劇照發布到網路上的時候，謀殺眼球一片，不少粉絲都表示被劇照一箭穿心，太美太勾人了，強烈呼喚第一集！而本就支持「祁謙X陳煜」這個配對的粉絲更是欣喜若狂，表示雖然還不太清楚劇情，但已經能看到滿滿的基情了呢。

祁謙、祁避夏父子倆沒時間關注網路上的事情，因為他們一起進組，開始了《天下》第一季的拍攝。

《天下》的開機儀式很簡單，沒有特意搞多大的宣傳，因為皇室和政府這兩個名詞本身就已經是一種宣傳了。他們根本無須再苦心經營什麼華麗花哨的東西，就有大把的人上趕著幫忙擴大知名度。

作為C國電視史上明星陣容最強大、製作投入成本最龐大、金手指和後門開得最大的電視劇，《天下》不紅就奇了怪了。

這部被後世奉為經典中的經典作品，有一個最大的特色——無數日後的當紅明星都在該劇裡跑過龍套，還是那種沒有什麼臺詞的宮女甲、侍衛乙之類的；而比龍套好那麼一點、有臺詞的角色，直接就是現在已經比較有名氣的明星了。簡單來說就是遍劇都是熟面孔，後來網路上還曾經流行過一個「大家來找這劇裡誰沒紅」的遊戲。

「我比量了所有主要演員，總覺得呀，身為主角的我們兩人其實才是最小咖的。」陳煜在休息的時候和祁謙閒聊，「最起碼成名的年份是最晚的。」

按理來說，祁謙和陳煜是童星出道，也可以說是成名已久了，但架不住劇組裡政府臺御用的實力派演員比例太大，和他們這種老戲骨一比，祁謙和陳煜就是渣啊渣。也許在國際和國內的名氣上，祁謙和陳煜這兩個炙手可熱的新晉影帝的影響是比較大的，但論人脈、手腕以及底蘊，他們就不知道要在劇組裡排到哪裡去了。甚至連祁避夏，都要稱呼其中不少人為老前輩。

祁謙被祁避夏帶著去「認識」了不少前輩，他們都曾是在二十多年前多少和祁避夏有過一些合作、互動的巨星，最主要的是……

「爸爸沒把他們也得罪了，機智吧。」

「……」

祁謙無語不是懶得吐槽，而是他根本就沒搞懂祁避夏驕傲的點。不招惹人是常態，故意得罪人是找死，這才是正確的世界觀吧？！

——和祁避夏長時間生活在一起，特別容易被洗腦產生錯誤的三觀。BY：苦命的阿羅。

等真的見到這些影視圈的老前輩之後，祁謙才明白不是祁避夏乖覺知道什麼人不能惹，而是這些老將們本身性格就很平和低調，根本不會跟祁避夏這種小孩計較。

人就是這個樣子，在無人問津的階段沒有存在感，好像真的不存在；等有了名氣之後，會開始鋒芒畢露、銳意進取；等再之後，卻又會收斂脾氣、返璞歸真。這是一種輪迴，看似回到了起點，但往往已經在細枝末節發生了不可抗力的改變，而在輪迴後得到了昇華。

倒不是說所有的老藝術家都是這樣，而是大多不這樣的都被拍死在了沙灘上。

能屹立不倒、站在頂層的，都是人精，圓滑如珠，早已經被打磨了稜角，見人三分笑，說話留一地。

也就是在這個時候，特別能看出別人與祁避夏之間真正的親疏關係。好比大部分人都會對祁避夏說：「我一直很看好你，你現在很不錯嘛！」而真正為他好的人，反而愛在私下裡委婉的規勸他兩句：「如今孩子也有了，婚也結了，該收收心，消停一下了。」

但無論是誰，對於祁謙的態度，都是一樣的：「後生可畏，合該更加努力。」

有些話總是因人而異的，根據對方不同的情況，給予不一樣的意見，最忌諱一招鮮、吃遍天。祁避夏已經惹了太多人，再不急流勇退，哪怕是白家都未必能護他周全；祁謙則正是事業的上升期，不奮起前行，難道等著老了後悔嗎？

祁謙和祁避夏都虛心受教。

這些老牌演員能教導祁謙的，自然遠不會只有這麼一點，最重要的還是在演技上。一般到了這個分上的演員，都不會吝嗇在一些方面給予後輩一、兩句話的提點，他們已經處在了不再會忌憚別人對自己事業有威脅的階段。說是毫不藏私那肯定是騙人的，但也不會斤斤計較、什麼都不說就是了。

祁謙不常笑，卻一直很有小孩緣和老人緣，和這些老將們學了不少，特別是和祁避夏有私交的幾位，對祁謙更是傾囊相授。

「我真該讓媽媽來看看這個，她還局限在當紅明星就該呼風喚雨的幻想裡，根本不明白那些只是流星。而這才是中流砥柱該有的態度。」陳煜對祁謙感慨道。

母子哪有隔夜仇，因為祁謙的事情，陳煜和他母親的關係曾一度降至冰點，但畢竟是打斷骨頭連著筋的生母，再生氣也還是有和好的一天。林珊也懺悔了自己當時的鬼迷心竅，並表示不會再干涉陳煜交友，不過她還是盡量避免和祁謙同處一室，好比這次拍戲，她就沒有出現。

「你爸爸會干涉你交友嗎？」陳煜曾這樣問過祁謙。

「會啊。」好比裴安之。祁謙是這麼回答的：「但我爸爸不會使手段欺騙我，或者挑撥我和朋友的關係，他只會建議我。」

「為了孩子好不讓他交壞朋友」和「故意破壞孩子的友誼束縛他的思想」可是兩回事。那種我是為了你好所以我才會傷害你的態度，未免也太過傲慢與自以為是了。

「裴熠以前跟我說過，『為了對方好』這種話的出發點應該是愛，而不是傷害。」

「我媽媽當初那麼對你，你不生氣嗎？」

「生氣啊，不過那又如何呢？她是你媽媽，又不是我媽媽。而和我認識的是你，又不是她。」林珊對於祁謙來說，不過是一個無關緊要的人，他根本不在乎她。只要她不再惹他，看在陳煜的面子上，他也不會去收拾她。

當然，祁謙懶得和林珊計較，也是報著一種幸災樂禍的想法。

林珊現在已經知道了自己當初被維耶挑唆著幹了什麼蠢事，整日提心吊膽生怕祁謙和白家報復，祁謙卻遲遲不動手，只吊著她，就足夠她痛苦的了。

「謝謝。」陳煜真的是不知道該如何表達自己的心情，最後只剩下了最簡單的兩個字。

「其實我爸爸也不喜歡你。」祁謙補充道。

祁避夏在知道祁謙和陳煜的過往之後，生氣的程度比祁謙更甚，每次都恨不得對祁謙耳提面命一番：我們又不是缺他陳煜一個朋友，幹嘛還要上趕著去找虐？！

陳煜苦笑：「我知道。」祁避夏每次看他的不滿眼神都快具現化了。

「所以我們倆扯平了。」祁謙笑道，「別在意了。」

「好。我……」陳煜看著祁謙，張了張口，最終還是將想說的話改了一番：「過些天我生日，你來嗎？我有些話想在那天跟你說。」

祁謙點點頭，「好啊。」

「一言為定。」

「一言為定！」

◎◆◎◆◎◆◎

如果說月沉當年的《人艱不拆》是號稱用拍電影的方式去打造一部十年經典，那麼《天下》就是真的將這個說法始終如一的貫徹到底了。作為《天下》第一季的第一集，全片時長八十八分零八秒，與一部真正的電影無異。

看過第一集的人，也是紛紛表示就像是在家裡看了一部大製作的豪華電影。劇情跌宕起伏，讓不少人大呼過癮，更有甚者在說，乾脆讓電視劇直接在電影院按期播放得了。

然後……劇組就真的順應民意這麼做了。

一集在電影院裡重複播放一週，票房好得讓人咂舌。順便也體現了《天下》劇組的良心製作，原片沒有一絲一毫的修改剪輯，直接放到電影院的大螢幕上就能播放，毫無瑕疵，說是比照著電影在拍電視劇，他們就真的是實打實的這麼做了。哪怕是月沉的《人艱不拆》，其中個別趕得急了的幾集，也承受不住大螢幕的考驗。

媒體毫不吝嗇的誇獎，玩命在吹捧《天下》：每一集的劇情都能各成一個有始有終、高潮迭起的故事，又能和別的集數前後呼應，串聯成一部背景宏大、蕩氣迴腸的連貫大片，無論是視覺、聽覺甚至是觸覺各方面的需求都得到了滿足，實屬難得一見的佳品。

這些話裡，有些說的倒也是真的，好比為追求細緻、減少錯誤，《天下》裡哪怕是一個龍套角色所穿的衣服都是純手工製作，嚴格按照皇室有記錄的古代禮儀來安排穿戴，做到了真正的絕無僅有。背景音樂請的是當世傳統音樂的大師親自譜曲，由皇家樂團現場演奏，任何曲子變成交響樂都會顯得很高大上，哪怕是廣場健身操的曲子也能化腐朽為神奇，更遑論大師專門做的曲子了，而且租用的又是白氏號稱史詩級的大型錄音室，其效果可想而知。

能做到這樣的精益求精，拍攝與製作時間上也就相對的會所需甚大。

一般電視劇往往一個月拍攝個四、五集就會開始在電視臺播放了，而《天下》一直是拖到了仲夏才上映，卻神奇的擊敗了前面所有的暑期檔，成為了當之無愧的票房冠軍，以及收視冠軍。

換句話說就是……

在電視劇還在籌拍、尚未上映那個的夏初，費爾南多和除夕「獨守空閨」了好長時間，兩人一起等在家裡已經等得望眼欲穿了，也沒見人回來。

別的古裝電視劇的拍攝地，一般都會選擇ＬＶ市的古裝拍攝基地，畢竟ＬＶ市這邊有個照搬了帝都皇宮的巨大場景在，但背景更加硬氣的《天下》表示：呵呵，一個假布景算個毛線？我們直接在真的皇宮裡取景！

在得到女皇陛下的批示之後，電視劇全程採用的是帝都皇宮最真實的面貌。

雖然說歷朝歷代都會對皇宮有不一樣的修葺，但這次皇室和政府也是真的為了這部劇下了苦心，趁著皇宮又一次重新修葺，硬生生就把皇宮一隅修成了過去朝代的模樣。這在國內還掀起了不小的復古風。

祁家在ＬＶ市，電視劇的拍攝在帝都，於是祁謙父子就吃住在了劇組，方便隨時拍戲。

其實祁避夏在帝都也有房產，再不濟帝都還有森淼和三木水，他們之所以最終選擇住在劇組，主要原因是劇組的住宿是得天獨厚的——住皇宮。

傳說帝都皇宮有九百九十九間半的房間。當然，那只是傳說，帝都皇宮的真實資料是有屋八千餘間……好吧，不管怎樣，這對一般人來說已是多到夢幻了！

皇宮如此之大，但伺候皇室的人，卻已經遠沒有過去那樣的後宮佳麗三千以及不知凡幾的宮女太監了。現在皇室成員以及僕從保姆，大大小小加起來都沒超過百人，他們大部分時間還都不愛住在皇宮，好比女皇就更鍾情於京郊清幽的園子。於是，偌大的皇宮就開放出了大半，成為每年的旅遊景點，為帝都和國家的旅遊業創下不小的收入。

而為了電視劇的順利拍攝，皇宮暫停對外開放，地方就更寬敞了，找人收拾一下，隨意劇組的人住，可以說是想住哪裡就住哪裡。

「謙寶是主演就算了，真不知道祁避夏在那裡湊什麼熱鬧。」

在拍攝第一集的時候，其實根本沒有祁避夏的戲分，但他依舊仗著身分死皮賴臉的在劇組住了下來，好能就近照顧兒子——他生怕他兒子被那群成精的老戲骨們生吞活剝了！

祁避夏是好意，卻苦了費爾南多。

「是啊，實在是太糟糕了。」除夕附和道。

「就剩下我們倆了。」費爾南多對除夕頓生了那麼一點難兄難弟、惺惺相惜的味道。

「我沒跟你說嗎？我下午的飛機，去帝都。」

「……」

「在《達生》那部電影上我賺了不少錢，於是就決定繼續投資影視業了，皇太孫在和祁謙洽談電視劇的時候，我就順便和他談了一下投資的問題。」

事實上，像《天下》這種背景雄厚、根本不缺錢的劇組，不是你有錢就能投資的，多少有實力的政府企業、世家財團在後面搶著投資都排不上號。除夕能得到一個名額，也是全賴皇太孫的面子，甚至還犧牲了不少利益。幸而除夕投資本身就不是為了賺錢，而是為了能有個合理的身分跟在祁謙身邊，他受夠了每次祁謙拍戲他就見不到人！

「所以，剩下的只有你，沒有我。」

作為目前家裡最窮的那個，費爾南多表示壓力好大……QAQ

除夕最後並沒有真的把費爾南多獨自留在ＬＶ市，而是捎帶著一起去了帝都，一是真的扔下難兄難弟的費爾南多不太厚道；二是祁避夏對他的芥蒂很深，除夕想將來能友好相處，自然只能多加利用旁人，好比從費爾南多下手；三是帶著費爾南多去了劇組，還能分散一下祁避夏的注意力……

總之出於種種考慮吧，除夕一開始也就是逗逗費爾南多，不可能真的落下他。

「你哪裡來的飛機？」

費爾南多最近一直在存錢，心心念念想著要幫祁避夏換個他心儀的私人飛機，於是對身邊的飛機不自覺的就會多一分關心。他可以肯定，他們現在坐的飛機此前他從未在白、祁兩家見過，換句話說就是這架飛機是除夕自己的，一個二十歲出頭，最近才剛開始在社會上打拚的年輕人，怎麼可能買得起私人飛機？再富二代也做不到這個啊！

「我爺爺留給我的遺產。」除夕很自然的回答道，「怎麼了嗎？」

「……」富二代做不到，但是得到遺產的富二代就能做到了。草根階級出身的費爾南多表示這個社會真是太不公平了！

有錢人大多都有收藏癖，好比古玩字畫、奇石名錶，再不濟還有很俗的香車美人。好比石油大國裡，有個酋長酷愛豪車勞斯萊斯，愛到什麼程度呢，一般車迷也就收藏個卡片雜誌什麼的，再發燒友點收藏原廠汽車模型頂天了，這位酋長乾脆就私藏了三千多輛真車，勞斯萊斯所有的車型他都湊齊了。

裘安之是這一群富人中最為奇葩的一個，除了一倉庫的公仔和周邊以外，他最愛的是收藏各色飛機，直升機、滑翔機、戰鬥機以及能承載百人的大型私人飛機……只有你想不到，沒有他收藏不到的。

裘安之得到這些飛機的價格還十分低廉，因為恆耀除了走私軍火以外，他們還順便走私一些別的，好比飛機。甚至政府搞不到的別國涉密軍用機，也曾是由恆耀出面搞定的。

——做黑社會也要做個有品的黑社會，要有原則、有立場，絕不出賣兄弟，也絕不出賣國家。BY：裘安之。

裘安之「死」後，公仔和周邊歸了祁謙，飛機則由除夕和裘越平分，珍藏的家族照片歸了白秋。大家都挺高興，得到了自己真正想要的。

「我最近看恆耀的股份一直在跌，對你沒什麼影響吧？」費爾南多已經開始了他小打小鬧的個人投資，等真正進入這個錯綜複雜的金融世界之後，他刷新了不少此前三十年好不容易樹立起的三觀，好比恆耀這個神奇的黑社會組織竟然還是上市集團！到底是什麼讓他們覺得黑社會也可以上市了？！

此前費爾南多一直覺得足球俱樂部能上市已經夠扯的了，沒想到世界之大，無奇不有。

「很正常，恆耀一日無主，就一日不得安寧。」除夕淡定極了。

「你就不擔心？」

「我擔心什麼？我爺爺都死了。」除夕說的這句肯定不是真話，畢竟這種事情不適合讓費爾南多捲進來，「謝謝你的關心，但其實你應該知道的，一朝天子一朝臣，我爺爺死了，我這個『前朝遺孤』想管也是管不了的，還很有可能徒惹一身腥。」

「抱歉。」費爾南多自從和祁避夏結婚之後，就接觸了不少負能量的豪門秘辛。以前他一直覺得小說裡的什麼宅鬥宮鬥純屬腦補過多，等他真正身處其中才明白，小說裡腦補的還是太缺乏想像力了，古代真實的宮鬥其實比小說裡描寫的要更加厲害。

「沒事啊，你道什麼歉，我還有阿謙呢。」

費爾南多看著除夕，本就不算硬的心，直接軟了個一塌糊塗。他打定主意，去了帝都之後，一定要多留給除夕和祁謙一些接觸的時間。祁避夏此前總和他說除夕心懷不軌，但他卻沒看出除夕有什麼不好，只看到了祁避夏兒控的厲害。

除夕在心裡勾起了滿意的脣角，除了祁避夏這種從一開始就對他有敵意並且死倔著一根筋到底的人以外，鮮少會有他攻略不下來的人。費爾南多就是個好例子，好感度很輕易的便刷到了。

除夕把恆耀集團和自己說得都跟沒人要的小可憐似的，但這何嘗不也是裴安之想要的效果呢？

好歹曾經在裴安之身邊長大，透過裴安之這麼些年的隱而不發，哪怕看著恆耀陷入內亂也不曾出手的不作為，除夕要是再不明白裴安之的打算，他也就不用混了。為了幫裴安之早日完成心願，恆耀如今的局面，除夕也是出力不少，他比誰都清楚恆耀有多岌岌可危。

但百足之蟲死而不僵，恆耀被裴安之一手建立，在C國盤踞多年，即便再混亂也依舊為人忌憚，這也是除夕依舊能享受到各種恆耀帶給他的好處的原因所在。

等除夕和費爾南多一行人到達帝都劇組時，祁謙正在拍攝第一集的最後一幕劇情。

陳煜飾演的不受寵的五皇子與祁謙飾演的將軍祁跡經過此前種種，終因為相同的志願走到一起，結成莫逆之交。在第一集的最後，兩人在五皇子的宮殿內把酒言歡，慶祝五皇子即將成年，馬上就要搬出皇宮自立府牙。

「真是聽君一席話，勝讀十年書啊。」

陳煜向祁謙舉杯，兩人相視一笑，自有一番風流雅意。故事的開頭始於城門之上的遙遙相望，故事的結尾他們終於相交相知。

「卡——」翁導的聲音從擴音器裡傳遍整個片場，「辛苦了，今天的拍攝到此結束。」

第一集最後其實還有一個小小的彩蛋，就是在片尾曲唱完之後，有兩個看不到人臉的人在忽閃忽滅的燈光下議論著，毫不起眼的五皇子如今能突然異軍突起，全賴的便是不肯受任何一方拉攏的將軍，他們必須想辦法把這個不安定的隱患扼殺在搖籃裡，不是除了將軍，就是讓五皇子名聲盡毀，再無翻盤的機會！

不過那段劇情裡沒有祁謙的鏡頭，所以他的第一集這就算是拍完了，心情大好的時候又看到除夕和費爾南多來探班，笑容就更加燦爛了。

「知道你哪怕是第一集拍完了也沒有辦法回家，我們就來看你了，驚喜嗎？」除夕笑著問道。

「哦。」祁謙還是那麼一副不鹹不淡的樣子，但在見識過他剛剛比太陽還耀眼的笑臉，又有幾人肯相信他現在無所謂的表情呢?

有劇務表示:明明心裡在意的要死,卻又彆扭成這樣,不愧是我殿啊!真想去網路上爆料,可惜簽了保密協議不能說,說了就要賠死錢了,嚶嚶嚶。

除夕雖然對祁謙笑著,眼神卻緊盯著也跟上來打招呼的陳煜不放,在旁觀了剛剛戲裡眼波流轉的那一幕之後,除夕本能的感覺到了來自陳煜的威脅。初見陳煜,他就對陳煜不是很有好感,理由和祁避夏類似,但那個時候他還沒發現陳煜對祁謙竟然……

陳煜這個影帝在他們面前掩飾得太好,只有在拍戲扮演成別人時,陳煜才可以肆無忌憚的表達自己對祁謙的感情。

感情的界限太模稜兩可,愛情是一種清新雋永,友情也能是一種刻骨銘心。陳煜只要注意尺度,不僅不會讓人看出什麼,反而還會覺得他演得恰到好處,把五皇子和祁跡之間真摯的友誼表現得入木三分。

但除夕卻能感受到來自陳煜的認真。

在除夕看向陳煜的時候,陳煜也同時默契的看向除夕,在彼此眼底看到了相同的敵意。

祁謙還在一無所覺的向費爾南多認真抱怨:「我們大部分時間吃的是皇太孫讓御膳房開的小灶,雖然好吃,但我還是更喜歡吃你做的。」

有一種被大家所習慣了的味道叫「媽媽做的菜」,哪怕是山珍海味、玉液瓊漿也比不上的人間美味。

費爾南多雖不是祁謙的母親,但祁謙這些年也已經算是習慣了費爾南多的手藝,一段時間不吃就會很想念。至於祁避夏以前為祁謙請的廚子……呵呵，祁謙只記得對方總愛做他不喜歡吃的青菜，煩都來不及又怎麼可能習慣。

「親愛的，你來了～」一直有著動物本能的祁避夏深感自己要糟，早早的就在得到了費爾南多也來劇組的消息之後趕來賣萌求原諒，正在努力維持「團結緊張嚴肅活潑」的氣氛。

「嗯，你不回去，自然只有我來找你。」費爾南多的話很平常，但是怎麼聽怎麼覺得有深意。

祁避夏：「/(ToT)/」

除夕和陳煜看著祁避夏和費爾南多，兩人在那一刻不約而同的想到，在自己求而不得的時候看到旁邊有人秀恩愛什麼的，真的是恨不得化身去死去死團，來一段說燒就燒的旅行。

而吃貨祁謙自始至終只關心一個問題：「什麼時候開飯？」

◎◆◎◆◎◆◎

《天下》需要精雕細琢的拍，皇室又迫切想要看到電視劇上映之後的效果，這是個難以調和的矛盾。於是自然而然的，就只能壓榨演員的拍戲時間。要不是劇組有名氣大又鮮少抱怨的實力派演員當了表率，再加上皇室和政府的強勢背景，估計早就怨聲載道了。

第一集拍完的第二天，就要緊接著開始第二集的拍攝，全劇無休，那段第一集的彩蛋據說只抽空拍了一下，沒多久就過了，一點都不耽誤大家的拍攝進度。

——跪求耽誤啊！BY：祁避夏。

從第二集開始，祁避夏的戲分就來了。

不過在第二集的時候，祁跡的身分之謎還是沒有被劇情裡的人發現，只是透過祁跡自己隱晦的心理活動，以及回憶裡父親祁生的出現，讓觀眾明白這裡有問題。

第二集的主要情節，差不多就是很老套的五皇子的門客遭人陷害，恐累五皇子名聲，遂自殺，但五皇子還是被拖下了水。於是主角祁跡就和五皇子一起當了一回名偵探，幫助五皇子已經自殺的門客證明清白的故事。

在這個尋找證據的過程裡，祁跡發現門客的遭遇與他死去的父親祁生相似，大部分人都覺得對方是個壞人，只有少數幾個人在說死者生前的好話。

隨著一步步的深入案件，甚至連祁跡和五皇子都開始覺得這個門客也許真的就是壞人，但對五皇子一片忠心，這才在事蹟敗露之後自殺。改變祁跡想法的轉捩點，就是在五皇子已經因為失望而放棄，祁跡也快要放棄追查真相的當口，他坐在皇宮裡某處避人的樹下陷入沉思，恍惚間想著這棵樹在家鄉好像也曾見過。

然後，場景就穿插回了祁跡的家鄉，那個把祁生斥為氣死生父的不肖子孫的家鄉。

午後的陽光大好，短衫的頑童在街頭巷陌追打而過，他的父親帶著家丁流裡流氣的從遠處行來，撩貓逗狗，人見人嫌。甚至還出現了像戲文唱的最經典的橋段，惡少在茶樓裡調戲賣唱的歌女，等祁跡看到他父親失手殺人之後，他這才驚愕的從自己的幻想中回到現實。

在祁跡覺得這是一場夢時，他就看到父親正坐在樹上，晃著一雙長腿，笑得三分邪氣，身體少半隱在樹蔭下，大半曝於陽光中，父親問他：「在你心裡，我就真的如此不堪嗎？好歹我也是生了你的人。」

劇情開始插入回憶，正是祁生妻子為他誕下麟兒的那日。

祁生立於廊下，青澀懵懂，手忙腳亂的從穩婆手中接過剛剛已經洗了人生中第一個澡的兒子。小嬰兒包裹在錦緞的襁褓裡，粉粉嫩嫩，哪裡都是那麼小，眼睛都睜不開。

祁生一臉忐忑，生怕自己抱孩子的姿勢哪裡不對，摔了兒子，卻又忍不住一手抱著，一手伸出食指去逗弄兒子。當小小的孩子無師自通的學會用手抓住祁生手指的那一刻，祁生笑得傻氣極了，全然沒有了往日混世魔王的霸氣。

他愣了許久，才像是終於學會了說話一般，興奮的對滿府上下的人說：「他是我兒子！他是我兒子！」

不是「我有兒子啦」這種主詞還是自己的感慨，而是滿心滿眼的都是懷裡的孩子。

祁生覺得在被孩子依賴的抓住手指的那一刻，他好像明悟了什麼。孩子還那麼小，一整隻手掌都只能費勁的抓住他一根手指，孩子是如此的脆弱，只能由他保護……這便是所謂的責任吧。

「他真可愛，他是這個世界上最可愛的孩子！」傻爹祁生還在對每一個他見到的人這樣說道。

而引領著祁跡看到這些的另一個祁生，轉身問祁跡：「你真的覺得當時剛出生跟猴似的你很可愛嗎？」

鏡頭轉向府內的每一個下人，他們的臉上都沒有真正贊同的表情。

這便是答案了。

「為什麼我那時會覺得你是全世界最可愛的呢？因為你是我兒子。狗不嫌家貧，子不嫌母醜，我都沒覺得你這個小猴子有哪裡不好，你反倒跟著旁人學，一起指責我的不是……心寒啊。難道我就真的一絲優點也沒有嗎？你可曾想過，也許被我調戲的歌女本就是暗娼，我不過是在照顧她的生意？被我所殺之人其實是胡人細作，我在保我青城安康？有些事情不能只看表面，想不通的時候不妨換個角度再試試看。」

因祁生這一句換個角度想想，祁跡找到案件的關鍵，最終為五皇子的門人洗刷了冤屈。

第二集的彩蛋，就是祁跡在一次夢中遇到父親，他站在窗前，把玩著祁跡桌上的徽墨狼毫，嘖嘖稱奇：「看來你混得不錯，這可都是好東西。」

祁跡身著白衣從床上坐起，不可思議的看著月光下的父親。

「怎麼？不學無術的紈褲子弟就不能懂這個了？」

「你怎麼又來了？」這是祁跡第一次真正開口與他父親對話，甚至那個「父親」其實只是個存在於他幻想裡的人。

「我來解答你的疑問。」祁生笑了。

「我沒有疑問。」祁跡皺眉。

「你有。」祁生走近祁跡，欺身上前指了指祁跡的心口，「你這裡在不斷的告訴我——

我有問題，我有問題，我快好奇死了。」

「你其實也是被誣陷的嗎？」祁跡終還是問了，那個年少時無論叔父如何鞭打，也不肯說自己父親一句壞話的倔強孩子，好像再一次回來了，「就像那個被冤枉的門客一般，只是你們都死了，無法為自己辯解。」

「不，那是我騙你的。欺男霸女，無惡不作，這就是過去的我。沒什麼歌女暗娼、敵國細作，我就是想那麼做便做了。」

祁跡緊緊的盯著祁生問：「那你是怎麼死的？」

「你演得太棒了！」費爾南多鼓掌道。

剛剛不過是費爾南多和祁避夏在對臺詞，在費爾南多眼中，他只是唸了祁謙的臺詞，而在祁避夏眼中，卻是整個故事的場景再現。

「你真的覺得好嗎？」祁避夏忐忑不安的看著自己的戀人。

費爾南多篤定的點點頭，「當然，你是最棒的，我感覺我好像又看到了小時候在電影院裡看到的你。《孤兒》還記得嗎？那部電影一直在深深的影響著我。『你看到的是我成功後光鮮亮麗的樣子，卻看不到我背後曾經二十年，七千三百零五天堅持不懈的努力。』這個電影開篇的旁白我一直記得。」

「也許你是愛屋及烏呢？你在我的身邊，自然就看不到我的不好。」隨著即將開拍，祁避夏都快把自己逼成神經病了，「我要是忘記臺詞怎麼辦？我要是表情不到位怎麼辦？我會給謙寶丟人的！我不要演了！」

祁避夏在費爾南多的面前來回踱步，只有在自己戀人面前，他才敢表現出這樣神經質的一面。哪怕是面對祁謙，他也需要顧慮自己父親的形象，不敢有絲毫的懈怠。

「你不去嘗試，又怎麼能篤定自己一定不會成功呢？我最早的足球教練告訴我說，你去做了，不是輸就是贏，贏的幾率是百分之五十，你不去做，就是百分之百的失敗。」費爾南多雙手搭在祁避夏的兩肩，逼著他與自己對視，「失敗又如何？成功又如何？最重要的是你去做了，你戰勝了過去的自己，你為阿謙樹立了永不言棄的榜樣。」

「阿謙？我一直以為你跟我一樣都是叫他謙寶的。」

「……你關注的焦點是不是有點偏？」

「一點也不！果然裴熠那小子不安好心，從事洗腦事業一百年！連你也被影響了！你醒醒啊，那小子不是什麼好人！」

「我倒是覺得他不錯。」這一次，費爾南多沒再順著祁避夏的話說。

於是，一場如除夕所料的夫夫爭辯開始了，順便幫助祁避夏消除了很大的劇前恐懼症，因為他根本就來不及想這個。他現在只求自己的戀人別站到裴熠那邊去，要是連費爾南多都被除夕騙了，那他的未來就暗無天日了，三比一什麼的，簡直比小白菜還要可憐！

第二集有很多皇宮外的鏡頭，所以導演決定先集中把皇宮內的鏡頭都拍完了再拍宮外的劇情，換句話說就是拍攝很跳躍，不會按照時間順序來，而這對演員有著極大的考驗。

祁避夏在皇宮內只有一場戲，就是他坐在樹上的那場。

「我們能後期合成嗎？」祁避夏一臉苦相，這大概就是所謂的近鄉情怯了吧。

「怎麼了？」翁導詫異的看向祁避夏，「我們其實也考慮過後期合成，不過這幾天試了一下，樹上的角度很好，枝幹也很牢，沒有問題的，還能顯得更加真實。」

「我懼高。」祁避夏見實在是沒得拖了，只能臨時想了個屬於三木水才會說的理由。

「別鬧，我可是《因為我們是一家人》的忠實觀眾，懼高的是三木水，你在滑翔翼上的表現可是第一名。」上了年紀的翁導十分喜歡看這種有孩子的娛樂節目，這也是他最終決定讓祁避夏實景拍攝的原因。

「……」

祁避夏最終還是硬著頭皮上了，在面對鏡頭時，他終於體會了一把所謂演藝圈新人的感覺——最早拍戲的時候他年紀太小根本沒感覺——緊張與期待交織，害怕自己會拍不好，又在迫切渴望著能一幕成神，自此走上大紅大紫的道路。

而在這種新人的狀態裡，祁避夏還感受到了一絲不同的東西，十分玄妙，不可言喻。他吊著鋼絲坐在樹枝分叉的地方，俯視著下面數個機位，以及自己才成年不久的兒子。

也許是因為站在比所有人都高的地方的緣故，又或者是因為已經到了這個分上可以說是沒有退路了，與其逃避，不如迎難而上，祁避夏突然頓生了一種捨我其誰的豪氣，變得一點都不緊張了。

怎麼開口，如何表現，他胸中自有丘壑，早就劃下了道來，只差這最後一步的表達。

此時，他不再是祁避夏，也不是編劇筆下單薄的人物祁生，他是祁跡心中幻想出來的那個父親，他是祁跡性格裡的一部分，自信、張揚，有著雖千萬人吾往矣的堅定。

就像是每個人心中一左一右的兩個小人，他代表著那個相信祁跡的小人，化作祁生的模樣問自己：「在你心裡，我就真的如此不堪嗎？」

——**在你心裡，祁生就真的如此不堪嗎？**

——**在你心裡，五皇子的門客就真的如此不堪嗎？**

祁謙似有所感，很是時候的抬頭，與祁避夏對視，眼神從猶豫變得堅定，短短幾秒內風雲已變，祁跡其實早就有了從不肯放棄的答案，就在喉頭。

——**不，我的父親祁生不是那樣的人。**

——**五皇子的門人也斷不可能如此鄙薄！**

這中間是要穿插回憶的，而回憶會在後面才拍，導演本還怕祁謙在沒有過渡和引導的情況下，無法完成這中間前後的改變，沒想到祁謙竟然能演得這麼好。

翁陵已經在心中感慨過無數次了，這一次依舊還是要說，後生可畏啊，真是後生可畏。

祁避夏也給出了在劇本中原本沒有，此刻卻顯得更加合適的鼓勵眼神。他如今演的，本就不是真正的祁生，而是祁跡幻想中的父親，劍眉星目，一派瀟灑。他什麼都沒說，卻已經讓你明白了他的態度，既然還有懷疑，那就去做，相信自己，絕不遲疑！

「卡——」翁老心滿意足的笑了。他看過祁避夏小時候主演的多部電影，甚至看了不止一遍，如果不是肯定祁避夏過去的演技，即便再有什麼坐忘心齋的掌門算出大吉，他也不會用，這是對藝術的堅持。

祁避夏過去的表演真的很完美，帶著一種常人想像不到又合情合理的跳脫角度，簡單來說就是把那個角色演活了，哪怕是在爛片中也能找到亮點。所以即便祁避夏已經息影多年，翁老還是願意賭一把，賭祁避夏不會讓他失望，賭那個過去電影裡的祁避夏能捲土重來。

如今，他賭贏了。

祁避夏站在樹上，沐浴在陽光裡，恍若重生。

然後……

祁避夏突然一腳踩滑，在所有人的驚呼聲中，差一點摔下來，幸而被鋼絲吊住了。在戀人費爾南多怒氣衝衝的眼神裡，祁避夏還有心情倒吊著向所有人揮手，蠢萌氣質盡顯。

翁老默默的在心裡對自己說：只要祁避夏在鏡頭前是正常的就好了，嗯。

「我現在明白你為什麼之前特意強調要讓你爸爸綁上鋼絲了。」編劇溫老在一邊心有餘悸。祁避夏剛剛的表現讓他也很滿意，如果因為受傷而不得不換人，他肯定鬱悶死。

「以防萬一總是沒錯的。」祁謙表情未變，聲音也是一如既往的不疾不徐，好像並沒有被祁避夏的事情影響到。

祁謙確實沒被影響，因為他知道會有費爾南多替他收拾祁避夏！

很早以前，祁謙總是很難理解祁避夏對他的擔心，明知道他不會有事，卻還是會不斷叮囑。後來，當祁謙也學會了開始擔心祁避夏時，他才明白，無所謂對方的實力如何、身在何方，該擔心的時候總是要擔心的，根本無法自控。

◎◆◎◆◎◆◎

因為要趕著拍戲，午飯大家就乾脆亂沒有形象捧著便當、坐在馬札上，關係好的圍坐一圈也沒什麼講究的就開吃了。

明星就是這麼一種神奇的職業，襯得起成千上萬的一頓飯，也吃得下普通四菜一肉的便當。哪怕從小嬌生慣養如祁避夏，吃起便當也是毫無壓力的，甚至頗有點懷念的味道。在三木水和月沉還沒有特別成名、拉不到大贊助的時候，他們倆別提有多摳門了。《天下》劇組這都算好的。

祁謙一家和編劇、導演坐在了一起。

閒聊裡，溫編問祁避夏：「你演得真不錯，甚至表現出了一些我想表達卻又說不上來的東西，你是怎麼做到的？」

祁避夏的性格一直都挺愛炫耀的，前一晚還怕得要死，第二天成功之後就變成得意洋洋起來。阿羅曾經表示過，以祁避夏這個爛性格，也怨不得以前結仇無數了，不掐他掐誰？如今編劇又正好給了祁避夏一個表現的機會，祁避夏自然是要激揚文字一番的：「在我的理解裡，劇本裡的祁生應該是兩個人……不對，是我其實演了兩個角色。」

「兩個？」

「一個是真正的祁生，一個是祁跡心中的幻化成祁生模樣的自己。很多人小時候都會有個幻想的夥伴，不是嗎？好比我兒子，他小時候就很喜歡抱著他的泰迪熊，那是他的朋友。而對於從小失怙失恃的祁跡來說，他幻想中的玩伴就是他爸爸——也就是他自己。一開始的劇情，祁跡看到的就應該是他自己的化身，而不是他真正的父親。我基本是在揣測了謙寶的表演之後，再加上自己的理解演的。怎麼樣？我就說吧，我提前來劇組是正確的！哈哈，就是這麼英明神武呢！」

祁避夏笑得猖狂極了，引得旁邊劇組的人頻頻側目。

翁導和溫編對視一眼，無奈苦笑，多年來合作的默契讓他們迅速領悟彼此的意思：演員是好演員，就是現實裡太二百五了。以前外界到底是怎麼傳的？才能把這麼個蠢蛋傳得酷帥狂霸跩？眼睛也太瞎了。謠言猛於虎，不可信啊！

連祁謙在吃飯這個重要的任務中，都百忙抽空看了一眼祁避夏。

「怎麼樣，兒子，爸爸很棒吧？被爸爸震驚了吧！」祁避夏更加得意的沒邊了。

就在所有人都覺得以祁謙的性格，他肯定是要開口打祁避夏的臉、讓他消停點的時候，祁謙反倒是打了所有人的臉——他點了點頭，贊同了祁避夏。

連祁避夏自己都被小小的震了一下，這個走向不對啊……

只聽祁謙在徹底嚥下最後一口飯、喝了一口飲料之後才不緊不慢道：「是挺厲害的，沒想到你竟然還會用失怙失恃這兩個詞，知道是什麼意思嗎？」

「……喪父喪母？臺詞裡有的。」祁避夏雖然書讀得不怎麼樣，但背臺詞卻很有一手。

祁謙了然的點點頭，一臉「這樣就合理了」的表情。

祁避夏鼓起一張包子臉，旁邊眾人想笑又不敢笑，想著最終還是打了祁避夏的臉，這對父子的互動簡直不能更有愛。

在祁避夏克服了第一場鏡頭之後，後面就越演越順了。唯一讓導演翁老和編劇溫老比較發愁的是，這傢伙酷愛在演戲的時候玩神來一筆，就是那種愛自己加詞添表情的類型。如果是一般演員，早該被導演罵得狗血淋頭了，可偏偏這人是祁避夏，能把加的東西處理得十分完美，好像本就該在鏡頭裡的祁避夏。

又是憂愁又是甜蜜的翁導，還特意致電了以往和祁避夏合作最多的月沉，求問祁避夏當年小時候是不是也有這個毛病，以及該如何應對。

月沉表示：嗯，這就是祁避夏最大的特色，他總愛神來一筆。

最初在祁謙小時候，祁謙也有過這麼一次，幸而也就是那一次。當初月沉可害怕祁謙跟祁避夏有相同的毛病。

神來之筆雖好，但此例不可開。畢竟演員的工作就是照著劇本演，如果大家都自己自由發揮，那還要劇本幹什麼？

於是，翁導也過上了和月沉一樣的道路，每次祁避夏一臨時加東西，他就開罵，讓別人知道這是不可取的，然後在事後於私下裡補償祁避夏，鼓勵他繼續發揮。

誰讓祁避夏是真的發揮得很好呢！

甚至等習慣了祁避夏的模式，翁導都會奇怪，身為祁避夏的兒子，祁謙怎麼就沒有繼承祁避夏的神來一筆呢？

沒有對比就沒有發現，在看多了祁避夏跳脫於框架之外又在情理之中的演技之後，便也明白了祁謙如機器人般一板一眼、臺詞半點不錯的演技的不妥之處。祁謙太按照要求來了，哪怕是劇組裡的老戲骨都沒這麼精確的，只有在和祁避夏對戲的時候，祁謙的這個毛病才會好一點。

「有時候真是恨不得把他們父子倆揉一揉變成一個人，既有祁避夏的靈活，又有祁謙的守規矩。」翁導向溫編說道。

「但這本身就是兩個矛盾的形容詞，沒有辦法合二為一。」

「是我強求了，世間安得雙全法。」雖然明知不可為，卻還是希望能夠出現奇蹟。祁謙和祁避夏都表現的已經足夠好了，只是看到了另外一種能更好的可能，翁導覺得相當遺憾。

在翁導和溫編發現這個問題的時候，祁謙自己其實也是有類似的想法，他看過無數次祁避夏的電影，卻總是找不到他與祁避夏之間那種他怎麼都達不到的不同。

直至在這次電視劇的拍攝過程裡，在和祁避夏有了真正的對手戲後，祁謙才明白了那種說不上來的感覺是什麼。

「你在苦惱什麼？」除夕坐到了祁謙身邊。除夕雖然說是來劇組看祁謙，但其實遠沒有費爾南多那麼閒能天天待在劇組，但由於陳煜的虎視眈眈，除夕也是盡可能的抽出時間守在祁謙的身邊，爭取不留一絲機會給陳煜。

「我為什麼不能變得和祁避夏一樣呢？」祁謙把他的苦惱直白的告訴除夕，「我總覺得他有我所欠缺的東西，我想變成他。」

「你當然變不成祁避夏，因為你是祁謙啊。」

《來自外星的我也想談戀愛！》完

敬請期待《來自外星的我04》精采完結篇！

創世記典Online萬聖嘉年華：
我的王者變公主?!
Novel 蒼濡 Illust touko
不惡搞，就不是創世記典Online
打飛天女巫、打南瓜怪、打蝙蝠……
萬聖節主題活動哪能那麼平凡！於是——
遊戲官方的好心(?)成了王者與扉空的最大惡夢!!!
隨書附贈驚喜彩色拉頁！想看女裝版王者和扉空？那就買書吧！
典藏閣
華文聯合出版平台
www.book4u.com.tw
采舍國際
www.silkbook.com
不思議工作室_
立即搜尋
版權所有© Copyright 20

暴力黑牧師
と求愛犬騎士
實力派作者
鬱兔
華麗派繪師
夜風
寶貝！
我來保護你！
呀～我的王子さま好帥
咦？
新一代的邂逅奇遇，英雄救英雄!!!
看破壞狂牧師・艾迪恩♂
如何抵抗無視性別追求真愛的忠犬騎士♂
與護草千金♀！
不思議工作室_
立即搜尋
華文聯合出版平台
www.book4u.com.tw
行銷總代理
采舍國際
www.silkbook.com
版權所有© Copyright 2017

陳詞懶調×PieroRabu
回到過去
BACK TO THE PAST
TO BECOME A CAT NO.12 END
變成貓
他一覺醒來變成貓。
十年貓生過去，當時間
來到記憶中的那天……
人變貓的喵星人歷險記——好萌喵，不買嗎？
全套12集，全國各大書店、網路書店、租書店強力熱賣中！
典藏閣
華文聯合出版平台
www.book4u.com.tw
采舍國際
www.silkbook.com
不思議工作室_
立即搜索
版權所有© Copyright 201

飛小說系列170

來自外星的我03

來自外星的我也想談戀愛！

出版者■典藏閣
作　者■霧十　繪　者■瑞讀
封面設計■Aloya　企劃編輯■夏荷艾
總編輯■歐綾纖
製作團隊■不思議工作室
郵撥帳號■50017206 采舍國際有限公司（郵撥購買，請另付一成郵資）
台灣出版中心■新北市中和區中山路2段366巷10號10樓
電　話■(02)2248-7896　傳　真■(02)2248-7758
物流中心■新北市中和區中山路2段366巷10號3樓
電　話■(02)8245-8786　傳　真■(02)8245-8718
ISBN■978-986-271-798-1
出版日期■2017年12月

全球華文國際市場總代理／采舍國際
地　址■新北市中和區中山路2段366巷10號3樓
電　話■(02)8245-8786　傳　真■(02)8245-8718

新絲路網路書店
地　址■新北市中和區中山路2段366巷10號10樓
網　址■www.silkbook.com
電　話■(02)8245-9896
傳　真■(02)8245-8819

☞您在什麼地方購買本書？☜

1. 便利商店（______市／縣）：☐7-11 ☐全家 ☐萊爾富 ☐其他______

2. 網路書店：☐新絲路 ☐博客來 ☐金石堂 ☐其他______

3. 書店（______市／縣）：☐金石堂 ☐蛙蛙書店 ☐安利美特animate ☐其他____

姓名：________ 地址：______________________

聯絡電話：________ 電子郵箱：______________________

您的性別：☐男 ☐女 您的生日：______年______月______日

（請務必填妥基本資料，以利贈品寄送）

您的職業：☐上班族 ☐學生 ☐服務業 ☐軍警公教 ☐資訊業 ☐娛樂相關產業
☐自由業 ☐其他______

您的學歷：☐高中（含高中以下） ☐專科、大學 ☐研究所以上

☞購買前☜

您從何處得知本書：☐逛書店 ☐網路廣告（網站：______） ☐親友介紹
（可複選） ☐出版書訊 ☐銷售人員推薦 ☐其他______

本書吸引您的原因：☐書名很好 ☐封面精美 ☐書腰文字 ☐封底文字 ☐欣賞作家
（可複選） ☐喜歡畫家 ☐價格合理 ☐題材有趣 ☐廣告印象深刻
☐其他______

☞購買後☜

您滿意的部份：☐書名 ☐封面 ☐故事內容 ☐版面編排 ☐價格 ☐贈品
（可複選） ☐其他

不滿意的部份：☐書名 ☐封面 ☐故事內容 ☐版面編排 ☐價格 ☐贈品
（可複選） ☐其他

您對本書以及典藏閣的建議______________________

____

____

✌未來您是否願意收到相關書訊？☐是 ☐否

✍感謝您寶貴的意見✍

印刷品

$3.5
請貼
3.5元
郵票
不思議信箱
FUSIGI POST

235 新北市中和區中山路二段366巷10號10樓

華文網出版集團　收

（典藏閣－不思議工作室）

來自外星的我 03 episode

想談戀愛！

α

i wanna go home

NOVEL 霧十 & ILLUST 瑞讀

I come from the other side of the universe